# 元獣医の令嬢は婚約破棄されましたが、もふもふたちに大人気です！ 2

It is very popular with mofumofu!
ジン
旅先で出会ったお猿。
お調子者でお茶目。
シルヴァンの頭の上が
特等席。
It is very popular with mofumofu!
シルヴァン
ルナの相棒の銀狼。
神獣の息子で、
人間の言葉を理解する
ことができる。
It is very popular with mofumofu!
ルナ
公爵令嬢として生まれ変わった
元アラサーのゲームオタク。
婚約破棄された上に
国を追放されたため旅を始めた。
規格外の能力を持っており、
獣人の国・エディファンでは
聖女と呼ばれている。
CHARACTER
登場人物紹介

It is very popular with mofumofu!
ルファリシオ
ジェーレントの王太子。蛇神ヴァルセズと契約し、邪悪で強大な力を手に入れた。
It is very popular with mofumofu!
エルザ
ロシェルリア公国の令嬢。獅子族の獣人で、美貌の持ち主。アレクファートの従姉だが、その出生には秘密があるらしく……
It is very popular with mofumofu!
ユリウス
獣人の国・エディファンの第一王子。体が弱いため、王太子の座をアレクファートに譲った。聡明で温和な人格者。
It is very popular with mofumofu!
ルーク
アレクファートの側近。心優しく穏やかな青狼族の獣人。
It is very popular with mofumofu!
アレクファート
獣人の国・エディファンの第二王子。獅子族の獣人で、正義感が強い。王太子に就任し、ルナとともに動物たちの保護に奔走している。

# プロローグ

「うわぁ！　綺麗な虹ね」

私は窓の外に見える空を見上げて、そう口にした。

今私がいるのは、獣人の王国であるエディファンの都、エディファルリアにある王宮の大広間の中だ。

王宮の中でも一番大きなホールで、まるで西洋の大聖堂のように美しい。

私は今日、ここである人と婚約を果たした。

「ああ、まるで俺たちの婚約を祝ってくれているかのようだ」

「ほんとね。アレク」

私と一緒に空を見上げているのは、アレクファート・エディファン。

燃え上がるような赤い髪をしたエディファンの第二王子で、先程王太子に就任したばかりである。

獣人族でも珍しい獅子《しし》族の血を引いた、凛々《りり》しい貴公子だ。女性であれば、誰でも思わず彼に見惚れてしまうだろう。

私の左手にはめられた、今彼と婚約をした証である指輪が、大広間に差し込む光に煌《きら》めいている。

大広間に作られた祭壇の上から、多くの招待客たちの姿が見えた。

「エディファンの英雄、アレクファート殿下万歳！」

「王太子就任おめでとうございます！」

この婚約の儀の前に、王太子に就任したばかりのアレク。そんな彼に送られる大きな歓声が、大広間に響き渡る。

そして、私への言葉も。

「英雄アレクファート殿下と共に、この都をお救いになられた、聖女ルナ様万歳！」

「お二人に栄光あれ！」

その言葉に、私とアレクは思わず顔を見合わせながら苦笑した。

まるでファンタジーゲームの世界に入り込んで、ヒロインになったような錯覚《さっかく》を覚える。

私の名前はルナ・ロファリエル。ファリーンという国の公爵家に生まれた。

不思議なことに私には前世の記憶がある。詩織《しおり》という名の日本人としての記憶だ。

今でこそブロンドの可愛らしい少女の姿をしているが、当時の私はアラサーで北海道《ほっかいどう》で獣医師をしていた。

趣味は、親友の茜《あかね》と一緒にやっていたネットゲームぐらい。

ジャージでお菓子をつまみながらゲームをしていた、だらしのない姿は、アレクにはちょっと見せられない。

元アラサー女子にも、恥じらいぐらいはあるのだ。

「聖女なんて言われると、なんだかむず痒《がゆ》いわ」

「それは俺もだ。英雄などという柄ではない」

私たちの言葉に、傍に立っているアレクのお父様であるエディファンの国王陛下が、首を横に振る。

アレクに似ている精悍《せいかん》な顔立ちと、赤い髪が素敵なおじさまといった感じだ。

「何を言う。あの宰相バロフェルドの悪巧みが成功していれば、この都は怒り狂った一角獣たちの群れに蹂躙《じゅうりん》されていたであろう」

陛下の隣にいらっしゃる王妃様も、微笑みながら頷いた。

「陛下の仰る通りです。あの時、アレクとルナさんが一角獣の王である聖獣オルゼルスの前に立ち、彼らを説得していなければ、この都には数百頭もの一角獣たちが雪崩《なだ》れ込んでいたでしょう」

「王妃様……」

私は祭壇から大広間を見渡し、私の両親の傍に並ぶ、白く美しい白馬たちに目を向ける。

一際大きな体をしているのが、彼らのリーダーで聖獣と呼ばれるオルゼルス。

初めはこの国の騎士が、彼らの幼子を傷つけたという誤解があって対立はしたが、それも解決して今は和解を成し遂げた。

すべてはこの国の王位簒奪《さんだつ》を狙った、悪の宰相バロフェルドの企みだったのだ。けれど、アレクと私、そして仲間たちの活躍によりバロフェルドは今、檻《おり》の中だ。

「バロフェルド……あの時のことを思い出すとゾッとするわ」

血走った目で『覚えていろ』なんて言っていたが、冗談じゃない。

あんな男に怯《おび》えるなんてまっぴらだ。

私の言葉にアレクは肩をすくめる。

「まったくだ。ルナ、向こう見ずなお前が無茶をしすぎて、命を落とすのではと冷や冷やしたかな」

「あら？　心配してくれてたんだ。知らなかったわ」

私はそう言って笑った。

初めて出会った時、アレクと大喧嘩《おおげんか》をして、とても仲良くなれるとは思えなかった。

まさかその彼と婚約することになるなんて。

そんなことを考えていると、オルゼルスの隣にいる幼いユニコーンが、美しい白い薔薇《ばら》を咥《くわ》えてこちらに駆けてくる。

幼いユニコーンは、私にその白薔薇《ばら》を渡すと嬉しそうに言う。

『ルナお姉ちゃん、おめでとう！』

『ありがとう、フィオル』

彼の名前はフィオル。

魔獣である一角獣たちの力は、普通の馬とは比べ物にならないほど強い。

中でも聖獣と呼ばれるオルゼルスの力は絶大だ。フィオルは城門を破ったオルゼルスの前に私たちと立ち、この都を守った一角獣の小さな勇者だ。

彼の姿に大きな拍手が大広間に響き渡る。

なぜ私がユニコーンのフィオルと話せるかというと……

そう、私には不思議な力がある。それは動物たちと話すことができる力だ。

『フィオル、貴方のおかげだわ。あの時、貴方が必死に呼びかけて仲間たちを説得してくれなければどうなっていたか』

『だって、僕のことを助けてくれたルナお姉ちゃんが、仲間たちと戦うなんて絶対に嫌だったんだ！』

少し照れ臭そうに笑うフィオル。

自然が豊かなこのエディファンで、魔獣たちは本来なら保護の対象だ。

だけど、彼らの牙や角は非常に貴重で、密猟者によって闇で高値で取り引きされる。

その密猟者たちを操り、暴利をむさぼっていたのが宰相のバロフェルドだ。

私は密猟者に傷つけられたフィオルを治療したのだけれど、本当に酷い傷で、あと少し手当てが遅れていれば命を失っていただろう。

そんなフィオルを私の周りにいる動物たちが取り囲む。

一緒に大冒険を切り抜けてきた、大事な私の仲間たちだ。

フィオルとあの時のことを懐かしそうに話しながら、一緒に私を見つめる。

『ルナ、すごく綺麗だ！』

『ありがとう、シルヴァン』

そう言って大きく尻尾を振ったのは、私の相棒で弟のような存在の銀狼シルヴァン。

実は神獣と呼ばれるセイラン様の息子で、幼い時に怪我を治してあげて以来、いつも傍にいてくれる。

『思えば祖国のファリーンを追い出されて、シルヴァンと一緒に旅に出たのがすべての始まりだったわね』

『ああ、まだそんなに昔の話じゃないのに不思議と懐かしいよな？　ルナ』

『そうね。ほんとに大冒険だったから。なんだかずっと昔の話みたいに思えるわ』

先程も話したように、私は前世では北海道で獣医をしていた。

ある日、仕事帰りに交通事故に巻き込まれて、この世界に転生して、ファリーン王国のロファリエル公爵家に生まれたのである。

そんな私の生活に大きな変化が起きたのは、十六歳のある日。当時の婚約者だったファリーンの王太子ジェラルドから理不尽な婚約破棄を突きつけられたのだ。

王太子妃の座を狙う伯爵令嬢イザベルの計略だったんだけど、それに乗せられて私に罵詈雑言《ばりぞうごん》を浴びせかけたジェラルドに嫌気がさして、私は国を飛び出した。

我儘《わがまま》で勝手なジェラルドには腹が立ったし、そんな人と結婚するなんてこちらだってごめんだ。

そこで出会ったのが、私の可愛い仲間たち。

『ルナ、ほんとに綺麗！　ルナに読んでもらった絵本の中のお姫様みたい！』

『リン、ありがとう』

私の肩の上でそう言って、小さな手で私の頬に触れるのは白耳リスのリン。

いつも元気いっぱいのとっても可愛い子リスで、シルヴァンとの旅で出会った最初の友達なのだ。

リンの母親のメルも傍にいる。

『素敵ですよ、ルナさん！』

そして私の足元でぴょんぴょん跳ねているのは、羊うさぎの姉妹、スーとルー。

ぐるぐる巻きの角が愛らしい。

『ほんとだ、お姫様みたい！』

『ルーも絵本で見たよ！』

最近は寝る前に皆に絵本を読むのが日課だからね。リンたちは、特に動物やお姫様が出てくる話が大好きで、ベッドの中で私が読む絵本を夢中になって覗き込む姿が可愛いのだ。

シルヴァンの背中の上に乗る、白い猿のジンがそれを聞いて言う。

『へへ、お転婆のルナじゃないみたいだよな。馬子《まご》にも衣装ってやつだぜ。なあ、シルヴァン！』

『ちょっと、ジン。それどういう意味？』

私はジンを少し睨んでみせる。そして、顔を見合わせて笑った。

ちょっとお調子者だけど仲間思いのジン。

皆、旅の中で出会った大切な仲間たちだ。

その時、私の侍女のミーナが抱いている白鷲竜《しらわしりゅう》の雛《ひな》が鳴いた。

「ピュオ!!」

まだ小さな翼をパタパタとさせて、こちらを見ている。

アレクと私の前で卵から孵《かえ》ったこの子――ピピュオは、私たちのことを父親と母親だと思っている。

ミーナの腕の中でもぞもぞと暴れるピピュオを、私は腕に抱いた。

すると、ピピュオは満足そうに丸くなる。

『ま～ま！』

そう言って大きな頭を私の体に擦《こす》りつける様子は、思わずギュッとしたくなるほど愛らしい。

いつも凛々《りり》しいアレクも笑顔になっている。

「すっかり俺たちを父親と母親だと思っているようだな」

「あら、この子にとってもう両親は私とアレクよ」

「そうか。そうだな」

そう言ってアレクは笑みを深めると、私に誓いのキスをした。

婚約した今でも、こんな時はドキドキしてしまう。

「ルナ、ずっと俺の傍にいてくれ」

「ええ、アレク」

私はそう頷いて、くすくすと笑った。

「どうした？　ルナ」

「いいえ、なんでもない」

さっきも言ったけど、初めて出会った時、アレクと婚約するとは考えもしなかった。好きになるなんてあり得ないと思っていたぐらい。

森の中で最初に出会った時、アレクは私を密猟者の一味だと勘違いして大喧嘩《おおげんか》になったのだ。すごく恰好いいけど、口が悪くて強引で、最初は正直言って苦手だった。でも、一緒に冒険する中で彼の本当の優しさを知って、惹かれていった。

自分が誰かをこんなに好きになるなんて思いもしなかった。

前の世界では、親友の茜に男よりも動物にモテるなんてからかわれていたし、仕事も忙しくて恋愛なんて無縁だったのだ。

でも、この人なら信じられる。宰相バロフェルドが引き起こした事件を力を合わせて解決し、ジェラルドがエディファンに現れて、私に再び罵詈雑言《ばりぞうごん》を浴びせた時も私を信じてくれた。

前世も含めて結婚なんて初めてだけど、この人の妻になりたいと素直に思える。

そんなことを考えていた時、数名の騎士たちが大広間にやってきた。

アレクが率いる赤獅子《あかしし》騎士団の騎士たちだ。アレクは、突然現れた彼らに不思議そうな顔で尋ねる。

「どうした？　お前たち」

「は！　殿下。このような時に申し訳ございません。実は森でドラゴンが怪我をしているのを見つけまして、希少な魔獣ゆえ治療をしたいと思うのですが……相手が相手だけにどうしてよいものかと」

他の騎士がそれに続いて口を開く。

「草食の大人しいドラゴンなのですが、怪我を負い警戒をしている様子で、大きな尾を振りかざし近寄ることができないのです」

私はそれを聞いて喜びの声をあげた。

「まあ！　ドラゴンですって！」

私は白鷺竜《しらわしりゅう》のピピュオ以外、他のドラゴンを見たことがない。

そのくらい、ドラゴンはこの世界で珍しい生き物なのだ。

「ねえ、アレク……」

そわそわしながらアレクを見上げると、彼はため息を吐いた。

「駄目だ、お前をそんな危険な場所に連れていくことはできない。大体、今は俺とお前の婚約式の最中だぞ」

「でも、私がいたら、そのドラゴンを説得できるかもしれないわ」

すると、傍で控えていたアレクの側近のルークさんがクスクス笑う。

「殿下、止めても無駄ですよ。ルナさんのそういうところを好きになったんでしょう？」

「ルーク！　お前まで……まったく。父上、母上、少し出かけて参ります」

国王陛下と王妃様も頷く。

「うむ、魔獣の保護は我が国の国是《こくぜ》でもある」

「気をつけて行ってきなさい、アレクファート」

先程まで婚約式を途中で抜けだすことに渋い顔をしていたアレクが、あっさり部屋を出ていこうとする。

思いがけない行動に惚けていると、彼はこちらを振り返り、笑みを浮かべた。

「何をしているルナ、行くぞ！」

「え、いいの？」

「どうせ止めても行くのだろう？　治療も必要になる、手伝ってくれ」

「うん！　アレク」

私の天職は獣医だ。怪我をしている動物の話を聞いたら、放ってはおけない。

アレクの方に一歩踏みだした時、リンが私の肩の上に駆け上がってきた。

『ルナ！　リンも手伝う』

『スーもだよ！　薬草とか探すの得意なんだから』

『ルーも行く！』

三匹の様子を見て、ジンとメルもはりきった口調で言う。

『俺も行くぜ、ルナは俺がいないと駄目だからな』

『ふふ、ジンったら。私も行きますわ』

シルヴァンは私の隣に立ち、尻尾を大きく振った。彼も早く行きたくて、うずうずしているみたいだ。

『行こうぜ、ルナ』

『ええシルヴァン！』

お留守番になったピピュオは、私たちを応援するように大きく鳴いた。

ドレス姿で向かうわけにはいかないので、私はいつもの旅装になって、騎士団が用意してくれた馬車に乗り込む。

「ルナ、そろそろ行くとしよう」

「ええ！」

仲間たちも一緒に中に入り、馬車は快適に街道を走っていく。私はアレクに尋ねた。

「ねえ、アレク。その怪我をしたドラゴンがいる場所はここから近いの？」

「ああ、街道のすぐ近くのエネルペの森だそうだ」

それを聞いて、私は思わず首を傾げた。

「そんなに都に近い場所にドラゴンが？　珍しいこともあるものね」

普通、彼らは深い森や谷のような人里離れた場所に暮らしていることが多い。

わざわざこんな場所にまで出てくるなんて、何かあったのだろうか。

同乗しているルークさんが、私の言葉に頷いた。

「東に青飛竜《せいひりゅう》と呼ばれるドラゴンが住む谷があると聞きます。先程報告に来た騎士たちに詳しい話を聞いたところ、青い鱗《うろこ》を持つ小型のドラゴンだとのこと。おそらくはその一頭が迷い出たのでしょう」

「ああ、恐らくな。だが腑《ふ》に落ちないこともある。あの谷に住むドラゴンたちは、余程のことがなければあの谷を出ることはない。何かに追われているのでもなければな」

アレクもルークさんも、自然豊かなこの国の魔獣たちを保護しているだけあって、彼らの生態に関して詳しい。

どこに住んでいるのかもよく把握《はあく》している。

でも、一つ気になることがあって、私は首を傾げつつ尋ねた。

「青飛竜《せいひりゅう》のことなら、私もユリウス様の大書庫で見たわ。谷に生える特別な苔《こけ》を主食にする比較的大人しいドラゴンで、資料もいくつか残されているって。でも、追われるって一体何に？　草食って言ってもドラゴンよ。彼らを谷から追い立てられる存在が、そういるとは思えないけれど」

ユリウス様というのはアレクのお兄様で、とても聡明なエディファンの第一王子だ。

本来なら王太子になるべき人物だが、生まれつき病弱なので、その任をアレクに譲《ゆず》ったのである。

アレクは私の言葉に頷いた。

「確かにルナの言う通りだ。俺の考えすぎかもしれん。単純に谷から森に迷い込んだだけかもしれんな」

「ええ……」

でも、気になるわね。騎士団からの報告では、そのドラゴンは翼に怪我をしていたという。

もしも、それがそのドラゴンを追っている者の仕業《しわざ》だとしたら。

馬車に揺られてしばらく街道を行くと、シルヴァンが急に耳をピンと立てた。

鋭い目つきで馬車の外を見る私の相棒。

『どうしたの？　シルヴァン』

『ルナ、聞こえないか？　今、誰かの悲鳴が聞こえた』

その言葉に、私はシルヴァンが見つめる方角を見た。

『悲鳴って……』

スーとルーも大きな耳をパタパタとさせて、怯《おび》えたように私の膝の上に乗った。

『ルーも聞こえた！』

『スーもだよ！　向こうから聞こえる』

私は羊うさぎたちの頭を撫でながらアレクに伝える。

「アレク、シルヴァンやこの子たちが向こうから誰かの悲鳴が聞こえるって！」

「悲鳴だと？」

その時、私の耳にも微かに聞こえてきた。何かの咆哮《ほうこう》が。

怒りと憎しみに満ちた叫びだ。

アレクとルークさんにも聞こえたのだろう、二人は顔を見合わせて真剣な表情になる。

「殿下！」

「ああ、ルーク！　今確かに何かが叫ぶ声が聞こえた」

アレクの言葉に頷くと、ルークさんはすかさず御者に命じる。

「ハミル！　貴方にも聞こえたでしょう？　急いでください！」

「はい、ルーク様！」

街道を駆け抜ける馬車の速度が上がっていく。

そして、先程の声は益々大きくなっていった。

私は拳を握りしめる。

「……苦しんでる。きっと報告にあったドラゴンだわ。何かに襲われて傷つけられてる」

手負いのドラゴンの悲痛な声。一体何があったの？

保護をしに行ったエディファンの騎士団が、そんなことをするはずがない。

「何かに襲われているだと？　ルーク、どうなっている」

「分かりません、殿下！　騎士団から手を出すことはないはず、一体何が起きているのか」

すると、前方に赤獅子《あかしし》騎士団の馬車が見えてくる。

保護した動物を運ぶための、大きな檻《おり》のついた荷馬車だ。

今回のドラゴンも応急手当てをした後、必要ならあれに乗せて都の治療院に連れていくつもりだったのだろう。

おそらく騎士たちは、この先の森の中にいるはずだ。

荷馬車の傍の木には、彼らが乗ってきたのであろう馬が数頭繋がれている。

「ガォオオオオン!!」

その時、一際大きな咆哮《ほうこう》が辺りに鳴り響く。

まるで断末魔の叫びのようだ。

『ルナ!!』

シルヴァンの目が怒りに燃えている。その声が、助けを呼んでいるのが分かったから。

私も思わず我を忘れてシルヴァンの背に飛び乗った。

「アレク、私先に行ってる！」

私を背に乗せたシルヴァンは、森の中へと駆けだす。

「ルナ！　待て!!」

アレクの焦った声が後ろから聞こえてきた。それを振り切り、疾風《しっぷう》のように森を駆け抜けていくシルヴァン。

木々の間を抜けて、少し開けた場所にやってくると、大きな動物が見えた。

『ルナ、悲鳴をあげていたのはあいつだ』

『ええ、シルヴァン！』

地面にぐったりと横たわる青い鱗《うろこ》のドラゴンは、王宮の大書庫で見た青飛竜《せいひりゅう》の絵そのものの姿だった。

『間違いないわ！　きっと報告にあった青飛竜《せいひりゅう》よ』

でも、異様なのはその周りの光景だ。

ドラゴンの保護にあたっていたはずの数名の騎士が、一様に地面に倒れているのである。

その中で唯一意識が残っていた一人が、こちらを見て呻《うめ》いた。

「うう……なりません聖女様。危険です」

そう口にすると、その騎士もすぐに気を失ってしまった。

その中央に、不気味な長身で黒髪の男が立っている。

シルヴァンが男に牙を剥《む》く。

『気をつけろ！　ルナ、やったのはあいつだ。あいつから、あのドラゴンの血の匂いがする』

ドラゴンの翼の根元につけられた傷はとても深く、剣などの鋭い刃物によってつけられたようにも見える。

そして、男の手にしている剣にはべっとりと血がついていた。

私はきつく男を睨む。

「貴方がやったの？」

「だとしたらどうだというのだ？　この竜は俺の獲物だ。誰であろうが俺の狩りを邪魔する者は許さん」

「狩りですって？」

異様なのはこの光景だけじゃない。

黒髪の剣士の顔には銀色の仮面がつけられている。

その下の顔を見ることはできないが、冷酷で残忍な瞳が、嘲《あざけ》るようにこちらに向けられた。

男は静かに剣を構えると、冷めた声で私に言った。

「そうだ、死にたくなければそこで大人しく見ていることだ。俺の狩りが終わるのをな」

男はすっと目を細めると、その剣を瀕死のドラゴンの首筋に向かって振りかざす。

まるで獲物をしとめる姿を誇示《こじ》するように、ゆっくりと。

男の行動に、私は目を見開いて叫んだ。

「やめなさい！　そんなこと許さない！」

目の前に半透明のパネルが開いていく。

そこには、ゲームによく出てくるようなステータスが表示されている。

名前：ルナ・ロファリエル
種族：人間
職業：獣の聖女
E・G・K：シスターモード（レベル８５）
力：１１２
体力：２１５
魔力：５５０
知恵：５８０
器用さ：３３７
素早さ：４５２
運：２３７
物理攻撃スキル：なし
魔法：回復系魔法、聖属性魔法

特技：【祝福】【ホーリーアロー】【自己犠牲《ぎせい》】
ユニークスキル：【E・G・K】【獣言語理解】
加護：【神獣に愛された者】
称号：【獣の治癒者】

私には動物と話せること以外に、もう一つ不思議な力がある。

それは前世でやり込んでいたオンラインゲーム、『E・G・K』エターナル・ゴールデン・キングダム～永遠なる黄金の王国～のキャラクターの力が使えることだ。

この力のおかげで、私はアレクと一緒にあの残忍な宰相バロフェルドと戦うことができた。

私は、シスターの特技の一つである聖なる矢、【ホーリーアロー】を放つ。

「【ホーリーアロー!!】」

私の左手に構えられた光の弓から、勢いよく放たれた聖なる矢が男の頬をかすめる。

仮面の男はドラゴンから視線をはずし、こちらを眺めた。

「ほう、魔法の弓か？　面白い術を使う。先程こいつらの一人がお前のことを聖女と呼んでいたな。……そうか、お前があの噂の聖女ルナか？　今やエディファンの英雄と呼ばれているアレクファートと共に、バロフェルドを捕えたという女」

「だったらどうだって言うの？　それよりも大人しく剣を置いて！」

バロフェルドの名前を出すってことは、きっと密猟者だろう。

でも、今まで出会った密猟者たちとは全く雰囲気が違う。剣の腕も身分も遥かに高いように思える。

私の言葉に、仮面の下で男の目が笑う。

「面白い。俺に向かってそのような口を利く女は初めてだ。だが、いつまでそうやっていられるかな」

黒髪の剣士はこちらに向かって踏み込むと、かすむように一瞬で消える。

それを見てシルヴァンが叫んだ。

『気をつけろルナ！　来るぞ!!』

男は消えたのではなくて、こちらに向かって凄《すさ》まじいスピードで近づいてきたのだとようやく気づき、私はもう一度【ホーリーアロー】を構える。

でも、そのあまりの速さに二の矢が間に合わない。

「くっ！」

シルヴァンが前に出て、男に牙を剥《む》く。

見事なステップでそれをかわした男は、私の首元に向かって剣を一閃《いっせん》した。

背筋が凍りつき、死を覚悟したその瞬間――

鮮やかな赤い何かが、私を守るように前に立ちふさがる。

そして、その見事な太刀筋が黒髪の剣士の剣を弾き返した。

「アレク！」

「馬鹿者！　だから一人で行くなと言ったのだ」

私に背を向け、男と対峙したままそう言うアレク。

彼のたくましい背中を目にして、自然と胸が熱くなる。

私を追ってきてくれたのだろう、背後からは彼が乗ってきたと思われる馬の嘶《いなな》きが聞こえた。

仮面の男は一度距離を取ると、再びその目に笑みを浮かべる。

「ほう、貴様がアレクファートか？　まさか俺の太刀筋を見切る者がいるとはな」

「貴様、何者だ？　ルナに手を出すものは決して許さん」

殺気立つアレクを見て男は、騎士から弓を奪い取り、それを構えるとこちらに放つ。

剣の腕だけでなく、弓の腕も凄《すさ》まじい。弓矢はアレクの心臓めがけて、勢いよく飛んでくる。

「くっ！」

アレクがそれを切り落とした時には、仮面の男は傷ついたドラゴンの方へと走っていた。

そして、ためらうことなく剣を振り下ろす。

「やめてぇぇえ!!」

思わず私が叫んだと同時に、無情にも青飛竜《せいひりゅう》の細い首が切り落とされた。男の手にした剣が不気味に光る。

それはまるで息絶えたドラゴンの命を吸って、力を得たかのように妖しい光を帯びていた。

「ふふ、アレクファートまた会おう。俺の剣を受け止めたのは貴様が初めてだ。いずれ必ずけりをつけてやる」

男が指笛を吹くと、どこからともなく漆黒の馬が現れた。

そして男を乗せ、風のごとく去っていく。

「待て!!」

アレクはその男を追おうとしたが、私を守ることを優先したのだろう。唇を噛むと私の肩を抱いた。

「怪我はないか？　ルナ」

「ええ、私は大丈夫。でも……」

私は息絶えたドラゴンを見つめる。シルヴァンも怒りの遠吠えを放った。

『くそ！　なんてことしやがる!!』

あまりの光景に涙を流す私を、アレクはそっと抱き寄せる。

「あの仮面の男……ただの密猟者だとは思えん。一体何者だ？」

アレクはそう言って、男が消えた方を睨んでいる。

「酷いわこんなこと。絶対に許せない」

私は手のひらに爪が食い込むほど、強く拳を握りしめた。

◇　◇　◇

しばらく後、先程青飛竜《せいひりゅう》の首が切り落とされた場所から離れた森の中で、ローブに身を包んだ一人の男が佇《たたず》んでいた。

茂みの奥から現れた、黒い馬に乗った仮面の男に、ローブを着た男は深々と頭を下げる。

「ルファリシオ殿下、狩りの首尾はいかがでございましたでしょうか？　ドラゴン狩りなど自然豊かなこのエディファンでなければ中々できぬこと」

ルファリシオと呼ばれた男は銀色の仮面をゆっくりと外した。

すると、端整な貴公子の顔が現れる。

「確かにな。我がジェーレントでは味わえぬスリルだった。アレクファート・エディファン、あの男はドラゴンなどよりも遥かに手強い」

ジェーレントというのは、エディファンと海を挟んだところにある大国だ。

商業と貿易で栄えている。

その言葉にローブ姿の男は驚いたように声をあげる。

「アレクファート。今噂のエディファンの英雄にお会いになられたのですか？」

「ああ、偶然だがな。傍には例の聖女もいたぞ」

ルファリシオの言葉にローブの男はフードを取り、怒りをあらわに歯噛みした。

「アレクファートだけではなく、あの忌々《いまいま》しい小娘まで！　あの二人のせいでジェーレントの伯爵であるこの私は牢《ろう》に入れられたのです！　八つ裂きにしても飽き足らぬ連中が、今や英雄と聖女などともてはやされおって！」

醜《みにく》く肥え太った体と血走った瞳で、唾をまき散らしながらがなる。

そんな男の様子を見て、ルファリシオははっと笑い飛ばす。

「それはお前が悪いのだ、バルンゲル。イザベルなどという小娘の口車に乗って、よりにもよってエディファンの王宮で騒ぎを起こしたのだからな。ジェーレントの王太子である俺が書いた親書がなければ、今頃お前はまだ檻《おり》の中だ」

「はっ！　殿下には感謝しております。ですが、あのバロフェルドが使えなくなった今、王太子であるアレクファートとあの女が婚姻を結べば面倒なことになりかねませぬ。あの男は金では動きますまい」

バルンゲルの言葉にジェーレントの王子は高慢な笑みを浮かべた。

「慌てることはあるまい。いずれ、機会も巡ってくることだろう。俺はただ平穏だけを望む父上のような腰抜けではない。いずれはジェーレントを帝国と呼ばれるほどの超大国にしてみせる。そのために、バロフェルドを俺の傀儡《かいらい》としてこの国の王にさせるつもりだったのだがな。存外使えぬ男よ」

「ルファリシオ様、牢《ろう》にいるバロフェルドはいかがいたしましょうか？　もしや殿下との関係を漏らしたりなどは……」

バルンゲルの言葉に黒髪の王子は静かに答える。

「奴もそれほど馬鹿ではあるまい。俺に逆らえば、死よりも恐ろしい未来が待っていることぐらい知っているだろう」

そう言いながら、ルファリシオは先程ドラゴンにとどめを刺した剣を鞘《さや》から抜き放つ。

そして、残忍な顔で笑った。

「だが、先程ドラゴンの血を吸ったこの剣の力を試してみるのも悪くない。奴にはこんな時のために、印を刻んでいる」

「おお！」

ルファリシオの言葉に、バルンゲルは思わず声をあげた。

黒髪の王子から立ちのぼる妖力。

ドラゴンの血を吸った剣がそれを増幅させていく。

ルファリシオの額に、九つの頭を持つ黒い蛇《へび》の紋章が漆黒の光を帯びて浮かび上がる。

「ふふふ、バロフェルドよ。悪いがもはや用済みのお前には死んでもらう。安心して死ぬがいい、いずれお前の恨みはこの俺が晴らしてやろう」


ルファリシオが不敵に笑った少し後、エディファンの都の地下に作られた牢獄《ろうごく》の中では、牢番《ろうばん》たちが慌ただしく駆け回っていた。

「だ、誰か来てくれ！　バロフェルドが……」

牢獄《ろうごく》の一番奥にある独房の中で、厳重な監視を受けていた邪悪な男が床に倒れ伏している。

傲慢《ごうまん》で邪悪な男の口から紡がれる呪詛《じゅそ》の声が牢《ろう》に響く。

「な、何故だ……ワシは貴方様に忠誠を誓ってきたではないか。何故そのワシを……ぐぅう」

その目は血走っており、右手は強く胸を押さえている。

断末魔の叫びをあげながら、バロフェルドは邪悪な顔で笑った。

「よかろう、このワシの命を持っていくがよい。だが、これであのアレクファートの小僧もルナという小娘も終わりだ。あの方がいずれお前たちを……ふは！　ふはははは!!」

狂気さえ帯びている笑い声に、牢番《ろうばん》たちは背筋を凍らせた。

医師が駆けつけた頃には、この国の民の命を奪ってまで王位を狙っていた男は息絶えていた。

死してもなお奸悪《かんあく》な笑みを浮かべているさまが、恐ろしくおぞましい。

何かあった時のために牢《ろう》に詰めていた医師が、衛兵と共に慌てて中に入り脈を取ると、首を横に振る。

「駄目だ、もう死んでいる。だが、一体どうして？」

外傷も見当たらない。

医師は不審に思ってバロフェルドの服をはだけさせる。

「なんだこれは？」

バロフェルドの胸に黒い蛇《へび》の形をした痣《あざ》を見つけ、医師は目を見開いた。

だが、気がつくとそれは幻だったかのように消えていた。

不思議な出来事に医師は目をこすった後、もう一度脈をはかる。

そして衛兵に伝えた。

「バロフェルドは死にました。早くこのことを陛下やアレクファート殿下にお伝えしてください」

驚きを隠せない様子の衛兵は、頷くと急いで牢《ろう》を出る。

王位を得るために、民の命さえ犠牲《ぎせい》にしようとしたバロフェルド。悪の限りを尽くした宰相の死はその日のうちに国中に知れ渡ったが、もはや誰もその死を悼《いた》む者はいなかった。

## 第一章　前夜祭

バロフェルドの突然の死から半年後。

エディファンの都、エディファルリアは沸きに沸いていた。

城門の傍で、絵描きのアンナとその夫で大工の棟梁《とうりょう》のダンが胸を張る。

エディファルリアを守るように取り囲む高い城壁、その正門の横には美しい壁画が描かれている。

「どうだい！　私の一世一代の大仕事は」

「ああ、大したもんだアンナ！」

ダンの部下である大工たちも一様に大きく頷いた。

「すげえや姉さん！」

「やっぱり姉さんは都一の絵描きだぜ！」

それを聞いてアンナは首を横に振る。

「あんたたちは相変わらず言うことが小さいねえ。世界一の絵描きだってことぐらい、言えないのかい？」

いつものアンナらしいそのセリフに一同大きな声で笑った。

アンナは腰に手を当てて城壁を眺めると頷く。

「まあ世界一っていうのは言い過ぎかもしれないけどさ。この絵だけはそのつもりで描いたんだ！」

アンナの言葉は、決して大げさではない。

事実、通りを歩く多くの人たちがその見事な壁画の前で立ち止まって、人だかりができている。

絵を描くために組み上げられた足場が、壁になって見えなかった壁画は今、日の光を浴びて美しく輝いていた。

描かれているのは城門を破って姿を現す、大きな一角獣。それはユニコーンの王オルゼルスだ。

彼の美しい筋肉が余すことなく描かれている。

そしてその前に立ち、彼と戦うことなくこの都を守った二人の英雄。

エディファンの王太子のアレクファートと、聖女と呼ばれるルナだ。

傍には小さな勇者と称えられている、幼い一角獣のフィオルの姿もある。

ダンは、それを見上げながら言った。

「あの時、殿下と聖女様がいなかったら、今この都はどうなっていたか」

アンナは首を横に振って夫に答える。

「それだけじゃあない。あの小さな勇者も大したもんさ。バロフェルドの企みで怒り狂っている一角獣の群れに向かって、あの子が命がけで叫んでくれなけりゃ、あの時この都は何百頭ものユニコーンに蹂躙《じゅうりん》されてたんだ。相手は聖獣オルゼルスだよ、一体何人が犠牲《ぎせい》になったことやら」

オルゼルスの前に立つ聖なる少女の姿に、通りかかる者は皆見惚れている。

そして、彼らは口々に声をあげた。

「それにしても今日はなんてめでたい日だ」

「ああ、明日婚姻の儀を迎えられる、アレクファート殿下とルナ様を祝う前夜祭だからな！」

「待ち望んだ、俺たちの国の王太子妃の誕生だ！」

アンナはそれを聞いて大声で笑った。

「今日は飲むよ！　樽《たる》に酒を入れて持ってきな！」

「ははは、姉さんには敵《かな》わねえや。絵もそうだが、酒の強さときたらほんとに世界一かもしれねえよな！」

ダンは腹を抱えて笑いながら答える。

「そりゃちげえねえ！」

「ちょっと、あんたたち！」

都の大通りには出店もずらっと並び、いつもよりさらに活気づいている。

それを眺めながらダンは言った。

「それにしても、ルナ様はどこに行ったんだろうな？　今朝方、殿下と何処かに馬車で出かけられたって話だが」

それを聞いてアンナが呆れたようにダンに答える。

「そんなの決まってるじゃないか。二人が初めて出会った場所さ」

アンナはそう言うと、ルナがいるであろう場所の方角を、目を細めながら眺めた。

◇◇◇

私は今、とある生き物の背に乗って、森の中を駆け抜けていた。

懐かしい森だ。バルロンという大猪《いのしし》の魔獣が治めている、都の西にある大きな森。

私は、いくつかの薬草が詰まったカバンを背負い、胸元にはスーとルーを入れるための特製のバッグを提げている。

そこから頭を出してルーたちが言う。

『ねえルナ、薬草これで足りるかな?』

『スー、もっと一杯生えてるところ知ってるんだよ』

薬草探しがうまいスーとルー、私は彼女たちにお礼を言った。

『ありがとう、二人とも。でもこれだけあれば十分だわ。早く帰らないと。ミーナが森の治療院で待っているもの』

私の肩の上で、小さなクルミのような木の実を持っているリンが頷く。

『きっとみんな待ってるよね、ルナ!』

『そうね、リン! でも思い出すわ、この森をこうやってリンを乗せて走っていると』

初めて出会った時も、メルのために薬草を探した後、こうやって森の中を駆け抜けていたっけ。

ジンを自分の背に乗せて、隣を走っているシルヴァンが頷く。

『ああ、あの時もそうだったよな』

『そうね、シルヴァン！』

一つだけ違うことがあるとしたら、あの時は私やリンはシルヴァンの背中に乗っていたっていうこと。

でも今は……

『ママ、リンお姉ちゃん！　急ぐんでしょ？　あの崖を飛び越えるから、しっかり掴まってて』

『ええ、ピピュオ。お願い！』

そう言ってこちらを振り返る顔は、まだあどけなさを残していて可愛らしい。

でも、すっかりと大きくなり、純白の羽毛がもふもふとしてとても心地いい。

そう、今私が背に乗っているのは白鷲竜《しらわしりゅう》のピピュオだ。

婚約式の時は私の腕に抱けるほど小さかったのに、あれから半年が経ち、すっかり大きく成長した。

白鷲竜《しらわしりゅう》は成長期に入ると、一気に体が大きくなることは文献を読んで知っていたけれど、その成長ぶりは私も驚いたぐらい。

大人になればもっと大きくはなるものの、今でも私一人ぐらいなら軽々と背中に乗せてしまう。

普通の鷲《わし》とは違って、地面を駆け抜けるのも馬よりもずっと早いぐらいだ。

まだ幼いとはいっても、流石《さすが》はドラゴン族ね。

それに――

行く手を遮る大きな崖を目の前にして、ピピュオの白い翼が大きく開いていく。

『いくよ、ママ！　シルヴァンお兄ちゃん、ジンお兄ちゃん、先に行ってるね』

『ああ、ピピュオ！　また治療院でな』

『ちぇ、空を飛べるなんてずるいぜ』

ジンを乗せたまま崖を迂回《うかい》するようにルートを変えるシルヴァンに対して、ピピュオはそのまま崖に向かって大きく羽ばたいた。

ふわりと宙に舞い上がる感覚がする。

『うわぁ！』

これが初めてじゃないけれど、やっぱり何度体験しても思わず声が出てしまう。

軽々と崖を越え、信じられないくらい壮大な光景が眼下に広がる。

バルロンが治める広大な森を、私たちは大空から見下ろしていた。

リンも興奮気味だ。

『ピピュオ、凄い凄い！』

スーたちも私の胸に下げた袋から顔を出して、夢中になって景色を眺めている。

『ほんとに信じられないわ。ドラゴンの背中に乗って空を飛ぶなんて、まるでゲームの主人公になったみたい』

私が茜とやっていたMMOゲームの『E・G・K』にもいろんな乗り物が出てきたけど、やっぱりドラゴンに乗ってゲームの世界を旅するのは楽しかった。

でも、これはそれとは比較にならない。なにしろ実際に自分が大空を飛んでいるのだから。何度経験しても胸が躍る体験だ。

ピピュオは羽ばたきながらこちらを振り返ると、不思議そうに首を傾げる。

『ゲームって？』

『え？　こほん……な、なんでもないわ、ピピュオ』

『変なママ』

ピピュオにゲームの説明をしても伝わるわけがない。

それに、こんな話をしていると、仕事終わりにだらしない姿でネットゲームをしていた自分をつい思い出してしまう。

私だって、ピピュオの前では素敵なママでいたいのだ。

『それにしても凄いわ。保護区が一望できる』

私は改めて眼下に広がる森を眺める。

保護区というのは、この広大な森の中に作られた動物たちの保護地域のことだ。

ここには密猟者に傷つけられた動物たちや、病気や怪我を負って治療が必要な動物たちが毎日のように運ばれてくる。

婚約式から半年、アレクと協力して作った動物たちの楽園だ。

アレクが率いる赤獅子《あかしし》騎士団のもとで管理され、エディファンの動物の治療師たちが何人も働いている。

ピピュオは保護区の上を大きく旋回《せんかい》すると、地上に見える小さな建物を目指してゆっくりと舞い降りていく。

『パパだ！　ねえ見てママ！　治療院の傍にパパもいるよ！』

『あら、本当ね！』

白鷲竜《しらわしりゅう》のピピュオの目は、人間なんかより遥かに遠くの物がしっかりと見える。

私にはまだほんの小さくしか見えないアレクの姿も、はっきりと見えているのだろう。

嬉しそうに大きく翼を羽ばたかせる。

『ピピュオったら、本当にパパのことが好きなのね』

『うん！　大好き！』

森の中にある開けた場所に作られた治療院、そのすぐ傍にピピュオは見事に舞い降りる。

そして、私たちを乗せたままアレクのもとに駆け寄った。

『パパ！』

「ピピュオ、ルナと一緒だったのだな」

『うん！　お姉ちゃんたちと一緒に薬草を取ってきたんだ』

白鷲竜《しらわしりゅう》のピピュオは賢くて、もう人が話す言葉を覚えてしまった。

だからアレクの言っていることもしっかりと伝わっている。

体は大きいけれど、アレクと私にとっては大事な息子だ。

ルークさんを連れてここにやってきたアレクに、私は尋ねる。

「早かったのね、アレク。もうお仕事は終わったの？」

「ああ、明日は俺たちの婚姻の儀がある。婚姻を結べば、しばらくはお前もここには顔を出せなくなる。その前に、仕事の引継ぎをしなくてはならないとは思ったが、皆すっかり準備はできている様子だった」

ルークさんの傍にいる動物の治療師たちの長《おさ》が口を開いた。

「聖女様が妃殿下になられましたら、今までのように足しげくここに通っていただくこともできなくなるでしょうから、人員の増強など私たちも前から準備をしていたのです」

アレクと治療師長の言葉に私は口をとがらせる。

「別にいいじゃない。王太子妃になったからって、王宮の中に閉じこもっているなんて退屈だわ」

「駄目だ。まったく、どこの世界にドラゴンの背中に乗って大空を駆け回る王太子妃がいる？」

「何よ、そんな私がよくて結婚するんでしょ？」

私たちのやり取りを見て、ルークさんがこらえ切れない様子で笑った。

「ご安心を、ルナさん。なるべくここにも来られるようにいたします。ただ妃殿下としての公務もございますから、少しだけお控えいただければ」

「そう、ルークさんが言うなら」

青い髪の穏やかな貴公子、ルークさんに言われるとつい納得してしまう。

確かに正式に王太子妃になれば、色々仕事も増えるだろう。

でも、獣医は私の天職だから、やっぱりここには足を向けたい。

ピピュオがそんな私の耳元で囁《ささや》く。

『大丈夫だよ、ママがここに来たくなったら僕が内緒で連れてきてあげる。パパだってお空まではついてこれないでしょ？』

『そうね！　ピピュオ、うるさいパパは置いていきましょう』

顔を見合わせて笑う私とピピュオの姿を見て、訝《いぶか》しげな顔をするアレク。

「何か企んでいる顔だな、ルナ。今のうちに正直に話しておけ」

「さあ？　なんのことだか」

私とピピュオはソッポを向いて誤魔化した。

ドラゴンに乗って世界を駆け巡る王太子妃が一人ぐらいいたって、別にいいじゃない。

そんなことを考えていると、治療院の中から侍女のミーナが姿を現す。

手には大きな蒸し器を持っていて、その中からとてもいい香りがここまで漂ってきた。

「ルナ様、お帰りになってたんですね。お言いつけ通り、準備して待っていたんですよ」

「ありがとう、ミーナ！　助かるわ」

そう言って、治療院の前に置かれた大きな机の上にその蒸し器を置いて、ふたを開けるミーナ。

そこにはサツマイモに似た美味しそうな芋が、しっかりと蒸《ふ》かされて並んでいる。

私の胸元のバッグから顔を出して鼻をひくひくさせて、スーとルーは言った。

『美味しそうな匂い！』

『ほんとだね、ルー』

私はそんな羊うさぎたちの頭を撫でた後、バッグから出すと腕まくりをする。

「さあ、ミーナ始めましょう！　すぐに匂いにつられてあの子たちがやってくると思うから」

「ええ、ルナ様！」

私とミーナは手分けして、よく蒸された芋をしっかりとすりつぶして裏ごしする。

そして、仲間たちと一緒に取ってきた薬草をすり鉢《ばち》ですった後に、よく芋と混ぜ合わせていった。

そんな作業をしていると、近くで遊んでいた小さな猪《いのしし》の子供たちがこちらにやってくる。

あっという間に私の足元に集まってきた可愛いうり坊たちは、こちらをつぶらな瞳で見上げるとおねだりする。

『ルナのお団子の時間だ！』

『うわぁ！　早く食べたいよ』

私はそんな子供たちに、まるで幼稚園の先生にでもなったかのように言った。

『はい、みんな並んで！』

私がそう言うと、目の前にうり坊たちが並んでいく。

先頭に立って私を見上げているのは、一番小さな女の子のうり坊で名前はモモ。

『ルナぁ、モモちゃんと並んだよ。だから、いつものお団子頂戴！』

うり坊って言っても、普通の猪《いのしし》の子供ではない。大人になれば、とっても大きくなる猪《いのしし》型の魔獣ジャイアントボアの子供たちだ。

だけどまだ子犬ほどの大きさで、すごく可愛い。

『偉いわね、モモ。はい、じゃあこれ今日のお薬』

私はそう言って、右手に載せた黄色いお団子をモモに差し出す。

ジャイアントボアの大好物のココル芋をしっかりと蒸して裏ごしした後、いくつかの薬草を混ぜて作った特製のお団子だ。

私は今、とある治療を行っている。

このお団子はモモたちにとって美味しいご馳走でもあるし、薬でもあるのだ。

『うわぁあい！　ルナ、ありがとう』

モモはそう言って、私の手の上のお団子を食べる。その鼻先が私の手のひらに当たってくすぐったい。

お芋の団子をぺろりと平らげて、つぶらな瞳で私を見つめる。

『美味しいよルナ！　……でも、もうなくなっちゃった』

そう言ってしょんぼりとするモモは、とっても可愛らしい。

私はそんなモモの頭を撫でながら笑った。

『すっかり食欲も戻ったわね。これならもう大丈夫』

『えへへ、だってルナのお薬とっても美味しいんだもん！』

私の足元に体をすり寄せて嬉しそうに笑うモモの姿は、周囲を和ませてくれる。

私はその場にしゃがむと、モモを抱き上げて他の子供たちにもお団子を配った。

皆夢中になって食べている。

青斑熱《せいはんねつ》という流行《はや》り病にかかっていたジャイアントボアの子供たち。

この病の特徴は、肌にできる青い斑点《はんてん》と微熱、そして食欲不振だ。

免疫力の弱い子供たちの間で感染して広がっていく、この世界の猪《いのしし》系の動物に多く見られる病だ。

放っておくと、重症化して高熱を出して苦しむこともある。モモのような小さな子供の場合には、命に関わることもあるのだ。

なんとか薬草を食べさせようとしたのだが、それだけだと苦くて吐いてしまう。

そこで考えたのがこのお団子作戦だ。

『ルナ、ありがとう！』

『とっても美味しいよ！』

可愛いうり坊たちに囲まれていると、ふと前世のことを思い出す。

茜の家の牧場でも、こんな風に羊たちに囲まれていたっけ。

そんなことを考えていると、さっき崖のところで別れたシルヴァンがジンと一緒に戻ってきた。

『まったく、こいつらすっかり元気になってさ。目を離すとウロチョロと動き回るから、時々誰かがいなくなったりして探すのが大変なんだからな』

『ありがとう、シルヴァン！　いつもご苦労様』

リンが元気よく地面に飛び降りると、モモの頭の上に駆け上がる。

『ルナ、この間リンが集めたクコルの実も役に立った？』

『ええ、リン。お団子の中にしっかり入ってるわよ。みんな、リンにもお礼を言ってね』

モモたちは、短い尻尾を揺らしながら、リンにお礼を言った。

『ありがとう！　リンお姉ちゃん』

『えへへ、みんな元気になってよかったね』

木の実を集めるのが得意なリン。そんな彼女が探してくれた木の実も、砕いて、中身を芋と蒸して練り込んである。

そんな話をしていると、森の奥から大きな猪《いのしし》が姿を現した。

この森の主であるジャイアントボアのバルロンだ。

モモはその姿を見て、嬉しそうに駆け寄っていく。

『じいじ！　モモ、ルナにお団子貰ってたんだよ』

『おうおう、そうかモモ。すっかり元気になって、じいじも嬉しいぞ』

いつもは威厳たっぷりの森の主も、孫娘の前ではすっかり気のいいお爺《じい》さんだ。

バルロンは私に頭を下げる。

『ルナ、すまんのう。モモたちの治療をしてくれて感謝するぞ』

『いいのよバルロン。安心して、もうみんなすっかりよくなったわ』

私はモモたちを眺めながら続けた。

『この子たちの免疫力を高めるには、クコルの実とマルーラ草の葉が一番。モモたちが大好きなコクコル芋を蒸《ふ》かして、一緒にお団子にすれば、薬剤の苦みも消えるしみんなも食べてくれるんじゃないかって』

それを聞いてバルロンは顔をしかめる。

『なんじゃ。わしの治療の時はえらく苦い丸薬をこしらえたくせに。そんなことができるのなら、わしの時にもしてくれればよかったではないか』

『贅沢《ぜいたく》言わないで。あの時は貴方を狙う密猟者たちが、すぐ傍に迫ってたでしょう？　そんな大きな体をしてだらしないんだから』

私はぺちんとバルロンの大きな鼻を叩く。

それを見て、モモが楽しそうに笑った。

『じいじ、ルナに怒られた！』

『がはは！　まったく、ルナには敵《かな》わんのう』

そう、バルロンとは密猟者たちと初めて対決した時に出会った。

私が今いる獣人の王国エディファンでは、魔獣たちは保護されているのだけれど、その貴重な角や牙などを求めて密猟者が後を絶たない。

そんな密猟者に傷を負わされたバルロンの治療をし、一緒に戦ったのが、彼との初めての出会い。

私はバルロンに笑みを向ける。

『バルロン、ありがとう！　この森を、傷つけられた動物たちの保護に使わせてくれて』

『わしは人間は嫌いだが、ルナよ、お主は違うからな。遠慮はいらん、存分に使ってくれ』

この森はエディファンの都エディファルリアからも近く、保護区として使うにはとても便利だ。

バルロンが私たちを仲間だと認めてくれたおかげで、今、ここには沢山の動物たちが保護されている。

『そういえば明日だな、あの男との婚儀は。まさかあの時は、お前とあの男が結婚するなどとは考えもしなかったわい！』

そう言って豪快に笑うバルロン。

私も思わずつられて笑う。

『私も。覚えてるでしょ？　あの時、彼ったら私のことを密猟者だって勘違いして捕まえようとしたのよ』

『がはは！　そうじゃったそうじゃった。それでリンたちも憤慨して、都について行くと言い始めたんじゃったな』

その言葉に、私はふと昔のことを思い出した。そう、彼と出会ったのもこの森だった。

リンも、その時のことを思い出したように頷いた。

『だって、ルナを連れて行こうとしたんだもん！　初めはリン、アレクのこと大っ嫌いだったんだから』

『リンったら』

『えへへ、でも今は大好きだよ。ルナのこと守ってくれたし、ルナが大好きな人だもんね！』

リンの言葉に私は、頬に熱が集まるのを感じた。

ルークさんが申し訳なさそうに私に言う。

「ルナさん、彼らとお話しのところ申し訳ありませんが、そろそろ王宮に戻らなくては」

「あら、もうそんな時間？」

ルークさんが私に頷く。

「ええ、少し余裕を持って戻った方がいいでしょう。夕方からは、明日の式典の前夜祭も始まりますから」

「ああ、衣装合わせもあるだろうからな」

アレクの言葉にミーナが大きく頷いた。

「ええ、そうです！　まったく、ルナ様ときたらいつまでも旅姿を好まれて。今日こそビシッとドレスを合わせていただきますよ。妃殿下となられる方の衣装ですから、私の侍女としての沽券《こけん》にも関わります！」

半分冗談めかしながら、腰に手を当てて私を見るミーナ。

前世が前世だけに、ドレス姿は苦手なのよね。ジャージとは言わないけど、ラフな格好が性に合っている。

だけど、ミーナの様子を見るに、衣装合わせは逃れられそうもない。

「ふぅ、そうね。分かったわ」

観念した私はバルロンやモモたちに別れを告げる。

『それじゃあ、バルロン、モモ。それにみんな、またね！』

『うん！　ルナ、ありがとう』

『またいつでも来い。今度は獣人の国の王太子妃としてな』

『ええ、バルロン』

私たちはバルロンたちに手を振って、森の治療院を後にする。

少し開けた場所に出ると、そこには沢山の動物たちの姿が見えた。

この保護区で暮らす動物たちだ。私は馬車が停めてあるはずの森の外れの街道に向かいながら、アレクに尋ねる。

「やっぱりまだ密猟者たちはいるのね」

以前より密猟者に傷つけられた動物たちの数は減ったものの、やはりまだここに運ばれてくる。

「ああ、バロフェルドの死で連中の動きも収まってきたと思ったのだがな」

「確かに妙な話です。バロフェルドが死んだことで、完全に後ろ盾を失い、すべてを素直に吐くと思ったのですが……奴が捕らえられてかなり経つというのに、多くの者は何かを恐れるように口をつぐんでいる」

私は首を傾げながら尋ねた。

「ルークさん。恐れるって何を？」

「それは分かりません。私の考えすぎかもしれませんが……」

変な話ね。この国で暗躍する密猟者を陰で操っていたのは、バロフェルドのはずだ。

仲間やアレクたちと一緒にあの男を捕えた今、他に密猟者たちの口をつぐませるような人物はいないと思うけど……

私が眉をひそめていると、シルヴァンの背中に乗っているジンが、胸をドンと叩いた。

『なぁにへっちゃらさ！　どんな悪党が出てきたって、このジン様がバロフェルドの時みたいに退治してやるぜ』

それを聞いて、スーとルーが呆れ顔になる。

『ジンはあいつに捕まってたでしょ？』

『そうだよ。ルナに助けてもらってたもん』

『ちぇ！　そう言うなって、俺だってあいつの顔をひっかいてやったんだからさ』

私はクスクスと笑いながらジンの頭を撫でた。

『そうね！　あの時のジンは勇ましかったわ』

『へへ、だろ？』

そう言って胸を張るジンを見て、私たちは顔を見合わせながら笑った。頼もしい私の仲間たちに、自然と心も軽くなる。

私はアレクに提案する。

「ねえ、アレク。私にできることがあったらいつでも言ってね？」

ぐっと拳を固めて詰め寄る私を見て、アレクはため息を吐いた。

「まったく、相変わらずだな。明日にはこの国の王太子妃になるというのに、お前にそんな危険なことをさせられるわけないだろう？」

「何よ、いいじゃない。あの時だって一緒にバロフェルドをやっつけたんだから」

「駄目だ。少しは王太子妃らしくなってくれ」

アレクは額に手を当てて、首を横に振った。私がそんな彼に向かって小さく舌を出すと、ルークさんが大笑いする。

「殿下の負けですね。ルナさんのことですから、どうせじっとしてはおられないでしょう」

「仕方のない奴だ。保護区の動物たちの治療ぐらいであれば、いつでも自由にできるように手配しよう」

「ほんとに？」

王太子妃になったからって、王宮の中にずっといるのは私の性分に合わない。

そんなの退屈だし、これは私の大切な仕事だ。

傷ついている動物がいるのなら、癒《いや》してあげたい。

私たちは森を出て、近くの街道に停めてある馬車に乗り込んだ。

そして、エディファンの都のエディファルリアへと向かう。

体が大きくて馬車に乗れないピピュオは、私たちが乗った馬車に並走して駆けていく。

そのまましばらく走ると、高い城壁に囲まれた都が近づいてくる。

その城門の前に大勢の人だかりができていた。

「何かしら？　ずいぶん人が集まっている様子だけど」

私の問いにルークさんが答えてくれる。

「殿下とルナさんがお出かけになられたと知って、戻られるのを待っているのだと思います。前夜祭が行われる王宮の中には、民の多くは入れませんから、祝いの言葉を伝えたい者は多いでしょう」

その言葉に私とアレクは顔を見合わせる。程なくして私たちの馬車が城門に着くと、多くの人々がそれを出迎えてくれた。

「アレクファート殿下！　ルナ様、おめでとうございます」

「王太子妃となられる聖女ルナ様に栄光あれ！」

もの凄い数の人だ。私とアレクの結婚を、こんなに心待ちにしてくれる人たちがいるなんて。

なんだか胸が熱くなってくる。

中には見知った顔もあった。城壁に私とアレク、そして一角獣たちとの友好を表す壁画を描いてくれた絵描きのアンナさん。

それにそのご主人で、大工の棟梁《とうりょう》のダンさん。

二人は大きな声でこちらに呼びかける。

「殿下！　ルナ様！　どうかお幸せに!!」

「二人でお出かけなんて相変わらず仲睦《なかむつ》まじいことで。二人の子供が早く見たいね！」

もう、アンナさんたら気が早い。

馬車の中から手を振りながら、思わず私は顔を赤くする。

城壁に描かれた絵は、今ではすっかり観光名所になっているようだ。観光客らしい人たちの姿も辺りに見える。

そんな中、私の肩の上に小さな黄色いインコがとまった。

額に特徴的な白い星がある、白星インコだ。

『あら？　ピィヨじゃない。もしかして貴方もお祝いに来てくれたの？』

『へへ、俺だけじゃないぜ！　あそこを見てみなよ』

ピィヨとは、密猟者のアジトになっていた孤児院の子たちとの出会いの中で知り合った。

ユウとミウという、幼い兄妹が大事にしているインコだ。

ピィヨが翼で指さした方を見ると、そこにはユウとミウの姿があった。

私は手を振りながらアレクに願い出る。

「ねえアレク！　少しだけ外に出ても構わない？　孤児院の子たちが来てくれてるの！」

私の言葉に、アレクとルークさんは顔を見合わせると笑顔で頷いた。

「そうだな、せっかくの歓迎だ。ルーク、まだ少しぐらいはいいだろう？」

「ええ、殿下。きっと民も喜ぶことでしょう。護衛はお任せください」

そう言って、ルークさんは先に馬車を降りると、城門に詰める衛兵たちに周囲の警備を命じる。

そんな中、私とアレクは馬車を降りて皆に手を振った。

「祝福してくれてありがとう、みんな！」

私の声に大歓声が沸き起こる。そしてルークさんの許しを得て、二人の幼い獣人の子供たちがこちらに駆けてくる。

大きな耳を揺らして尻尾を左右に振っている姿が、とても可愛い。

「ルナお姉ちゃん！」

「ルナ姉ちゃん！　おめでとう」

ぎゅっと私に抱きつく二人。私は二人を抱きしめてお礼を言った。

「ありがとう、ユウ、ミウ。嬉しいわ！」

ミウは少し恥ずかしそうに、手に持っていた物を私に差し出した。

「えへへ、お姉ちゃんにプレゼント持ってきたの」

それは、白い花で作られた冠《かんむり》だった。

きっとミウが一生懸命作ってくれたのだろう。

まだ幼いミウにとっては、難しかったに違いない。

でもとても丁寧に、心を込めて作ってくれたのが伝わってくる。

ちょっと不安げに私を見つめるミウ。お兄ちゃんのユウが、妹を窘《たしな》めるように言った。

「ミウ、ルナ姉ちゃんは王太子様の奥さんになるんだぞ。もっともっとすっごく立派な髪飾りを贈ってもらえるんだ。ミウが作った花冠《はなかんむり》なんて着ける身分じゃなくなるんだ」

「でも……ミウ、お姉ちゃんに何かお祝いがしたかったの」

ユウの言葉にミウはちょっと涙ぐむ。

「ミウ……」

俯《うつむ》くミウに私が言葉をかけようとした、その時——

彼女の前に、アレクが膝をついて目線を合わせた。

観衆は思わず一瞬静まり返った。当然だろう、一国の王太子が孤児たちの前に膝をつくなど、普通では考えられないことだから。

アレクはミウの頬に触れて、その顔を見つめるとしっかりとした口調で言う。

「ミウといったな。この冠《かんむり》をもらえるか？　ルナにとっては、何よりも嬉しい贈り物になるだろう」

その言葉にミウの顔がぱぁっと明るくなる。

「うん！　王太子様！」

嬉しそうにアレクに花冠《はなかんむり》を手渡すミウ。アレクはそれを大事そうに受け取ると、立ち上がってこちらに向き直り、私の頭の上にそれを飾った。

優しい彼の瞳に、心がじんわりと温かくなっていく。口は悪いけれど、この人の本当の優しさを私はよく知っている。

「アレク」

アレクはきっと誰よりも素晴らしい王になる。こうして身分にかかわらず、人に心を尽くすことができるのだから。

この人の妻になろうって改めて強く思える。

私はミウを抱きしめるとお礼を言った。

「ありがとうミウ！　どんなに立派な髪飾りよりも嬉しいわ」

「えへへ、ほんとに？　ルナお姉ちゃん大好き！」

私たちはユウやミウと一緒に、その場に集まっている人々に手を振った。

一段と大きく沸き上がる大歓声。

「王太子様万歳!!」

「聖女ルナ様万歳!!」

詰めかけた人々の大きな歓声が鳴り響く中、私は異変を感じた。

思わず立ち尽くす私を見て、アレクが首を傾げた。

「どうした？　ルナ」

「え？　な、なんでもないわアレク」

見慣れたステータスパネルが突然開く。どういうこと？　なんでパネルが……

このパネル自体は私にしか見えないから構わないけど、なぜ現れたのかが分からない。

私は動揺しながらも、皆に向かって手を振り続ける。

パネルが白く輝きを増すと、そこに文章が表示される。

〈一定数以上の獣人たちの熱狂的な支持を獲得しました。『獣の聖女』から上級職『もふもふの聖女』にクラスチェンジします〉

もふもふの聖女？　クラスチェンジって一体どういうことかしら。

今まで何度もこの世界で力を使ってきたけれど、こんなことは初めてだ。

パネルに描かれた私のステータスが書き換えられていく。

名前：ルナ・ロファリエル

種族：人間
職業：もふもふの聖女
E・G・K：シスターモード（レベル85）
力：125
体力：282
魔力：750
知恵：720
器用さ：427
素早さ：551
運：327
物理攻撃スキル：なし
魔法：回復系魔法、聖属性魔法
特技：【祝福】【ホーリーアロー】【自己犠牲《ぎせい》】
ユニークスキル：【E・G・K】【獣言語理解】【もふもふモード】
加護：【神獣に愛された者】
称号：【もふもふの治癒者】

今まではステータスの数値が変わってる。上級職へのクラスチェンジって言ってたけれど、それが原因だろうか。

『Ｅ・Ｇ・Ｋ：シスターモード』というのは『Ｅ・Ｇ・Ｋ』の職業の一つであるシスターの力が使える状態だということだ。

魔法や特技の項目は今までと変わらないが、ユニークスキルや称号が前と少し違う。

今までとは違う称号の【もふもふの治癒者】と、ユニークスキルの【もふもふモード】ってなんだろう？

確認をする前にパネルは閉じてしまう。

よく分からないけど、試してみればきっと分かるわよね。別に急いで確認する必要もないし。

儀式が終わったら、ゆっくり試してみればいい。

そんなことを思いながら、私はミウたちの傍で人々に手を振り続けていた。

◇　◇　◇

城門の前でルナとアレクが人々の歓声を浴びる中、それを遠巻きに眺めるローブ姿の集団があった。

一見町娘のようにも見えるが、よく見るとその指や腕には高価な装飾品が光っている。

「何が聖女ルナよ……本当に忌々《いまいま》しい女ね」

「ええ。元々はファリーンの王太子の婚約者だったくせに、それを破棄された上に、アレクファート殿下に色目を使ったあばずれじゃない！」

「浅ましい尻軽女」

「汚らわしい悪女のくせに」

どうやら、身分を隠して町に出ている貴族の令嬢たちのようだ。よく見れば周囲には彼女たちを守る護衛の姿もある。

一部の令嬢たちが二人の婚姻をよく思っていないことは、噂になっている。

自分たちが心を寄せても振り向きもしなかった凛々《りり》しい獣人の王子が、まるで魔法のように一人の女性に夢中になったことが気に入らないのだろう。

「あの女は怪しげな術を使うと聞きますわ。きっと、アレクファート様もあの女の術の虜《とりこ》になっているだけ」

「そうですわ、そうに決まっています！」

令嬢の一人が高慢で意地悪そうな目でルナを見つめると、笑みを浮かべる。

「ルナ・ロファリエル。今のうちにいい気になっていなさい！　あのお方が来れば貴方なんて……このままこの国の王太子妃になれると思ったら大間違いよ。獣人族の私たちを差し置いて、人間ごときがアレクファート様の妻になるなど厚かましいと、すぐに思い知らせてあげるわ」

第二章　唱えられた異議

ユウやミウに別れを告げて、私たちは王宮へと戻ってきた。

ほっと一息吐こうとすると、ミーナに捕まった。

「ルナ様。約束通り、しっかりと衣装合わせしていただきますよ」

「やっぱり婚約の儀式の時のドレスでいいわよ。純白でとても素敵だったから」

「いいえ、いけません！　ルナ様は王太子妃となられるのですから、同じドレスを着まわすなんて！」

優しいけど時に厳しいミーナ。

アレクとルークさんに救いを求める視線を送ったが、あえなくスルーされた。

「諦めて行ってくるのだな、ルナ」

「すみませんルナさん。衣装についてはミーナに一任していますから」

「裏切者……」

私の恨めしそうな視線を尻目に、アレクはアレクで式典用の衣装へと着替えに向かう。

今日は前夜祭だと言っても、多くの人々が集まる場所だ。

確かに、ミーナが言うようにきちんとドレスを合わせておくのも大事だろう。

それは分かるのだけど、どうしても前世の習慣が抜けないのよね。

獣医としての仕事が終わると、ちょっとしたおやつを買って家に帰り、ジャージ姿でゲームをしていたのを思い出す。

ドレスが苦手なのは、きっとあれが原因だ。

「因果応報ね」

「どうしたんです？　ルナ様」

「いいえ、なんでもないわ。さあ、行きましょうミーナ！」

もちろん私の仲間たちも一緒だ。リンやスーたちはドレスが置いてある部屋がお気に入り。

色とりどりの衣装や装飾品が大好きなようだ。やっぱり女の子ね。

私たちを先導するように廊下を駆けていく。

『ルナぁ、早く早く！』

『キラキラのお部屋に行くんでしょ？』

『ルー、あそこ大好き！』

ミーナがそれを眺めながらクスクスと笑う。

「リンたちの方がよっぽど扱いやすいですわ」

衣装合わせ用の部屋に入ると、どのドレスにするかにらめっこが始まった。

ジャージでゲームの私に、この手のセンスを求められても困る。

幸いなことに、有能な侍女であるミーナがいくつかドレスを選んでくれた。どれも私の目から見ても素敵だ。

「サイズはすべてルナ様に合わせているので、大丈夫だとは思いますけど……」

「何よミーナ、その目は。別に太ったりなんかしてないわよ」

私は口をとがらせながら、ミーナが用意してくれたドレスに順番に袖を通していく。

リンやスーたちは、きらきら光っているネックレスや腕輪に夢中だ。

衣装合わせが一通り終わって、一番気に入ったドレスを選ぶと、鏡の前に立ってみる。

「どうかしら？　ミーナ」

「ええ、ええ！　とっても素敵ですルナ様！」

大きく頷くミーナの姿は私を勇気づけてくれる。

なんといっても相手はアレクだもの。横に並んで恥ずかしくない女性でいたい。

そんなことを考えていると、ミーナがいつになく真剣な表情で私に言う。

「今日の前夜祭や明日の式典、ルナ様には誰もが見惚れるくらい、素敵な姿でいて欲しいんです」

ぐっと拳を固めてこちらを見据えるミーナに、私は微笑んだ。私にもミーナの言っていることの意味は分かる。

多くの人がこの婚姻を祝福してくれているが、中にはそうではない人たちもいる。

「ありがとうミーナ。一部の貴族たちが、私とアレクの結婚に反対していることは分かっているわ」

「私、悔しいんです！　あの人たちが裏でルナ様の悪口を言っているのが。ルナ様はそんなお方じゃないのに！」

「言いたい人には言わせておけばいいのよ。大丈夫、そんなことで私とアレクの関係が壊れたりなんかしないわ」

それは自信がある。

少なくとも私が彼を嫌いになることはない。

私が力強くそう告げると、ミーナは目を瞬《しばた》かせた。そして、にっこりと笑みを浮かべ何度も頷く。

「ええ、そうですよね！　ルナ様」

「そうよ！」

私はドレスの袖をまくって見せる。

「もう！　ルナ様、せっかく衣装を合わせたんですから、いつものお転婆は封印してください」

「はいはい、分かったわ。ミーナ」

私は傍の机に置いていた花冠《はなかんむり》を大切に手にする。

そして、ミーナに願い出た。

「ねえ、ミーナ。もしかしたら誰かに何かを言われるかもしれない。でも、これだけは着けさせて。今日のために私の小さな友達が心を込めて作ってくれたの。私にとっては、どんな髪飾りよりも素敵に見えるわ」

驚いた顔をするミーナに、私は事情を話した。

幼い少女からこれを受け取ったアレクのこと。そしてミウの嬉しげな笑顔のことを。

ミーナは困ったような笑顔で私に言った。

「ふふ、仕方ありませんね。そんなルナ様だから、アレク様はお好きなのですから。それにとてもよく似合っていますわ」

純白のドレスに白い花の冠《かんむり》。

それらを身に着けて、私はもう始まっている前夜祭の会場に向かった。

主賓《しゅひん》が入る専用の入り口で、アレクやルークさんと合流する。

そして、私は前夜祭の会場になっている王宮の大広間にアレクと一緒に足を踏み入れた。

国王陛下や王妃様が待つ貴賓《きひん》席、そこには私の両親も座っている。

「ミーナ、みんなをお願いね」

「ええ、任せてください！」

ミーナの周りでこちらを見つめる私の仲間たち。

皆、私たちのことを祝福してくれているのが分かる。

大広間の中央にある、赤い絨毯《じゅうたん》が敷かれた通路を私とアレクが歩くと、万雷の拍手が鳴り響く。

国王陛下や王妃様も、立ち上がって拍手をしてくださっているのが見えた。

私の両親も隣で涙ぐんでいる。

「ルナ、よかったわね」

「幸せになるのだぞ」

少し変わった娘だった私を育ててくれた両親には、本当に感謝の気持ちでいっぱいだ。

そして、陛下と王妃様が私に言う。

「聖女ルナ、いいやルナよ。もうそなたは我が娘も同然、これからもアレクのことを頼んだぞ」

「明日の式典が待ちきれません。ルナさん、どうかアレクをよろしくお願いします」

「そんな、こちらこそよろしくお願いします」

二人に挨拶をした後、私はアレクと向かい合った。

前夜祭で、多くの人々の前で愛を誓った者は、末永く幸せになるというのがエディファンの伝統だ。

私はアレクを見つめる。彼は私の花飾りを見て、笑みを浮かべた。きっと彼もこの花飾りをして きて欲しかったのだろう。

「ルナ、お前を愛している。いつまでも俺の傍にいてくれ」

「ええ、アレク。私も貴方を愛してる」

誓いの口づけをして永遠の愛を誓おうとした、ちょうどその時――

一人の女性の声が会場に響いた。

「お待ちください！　わたくし、この婚約には異議がございますわ」

声の主は、艶やかな赤いドレスを身に纏《まと》った獣人族の令嬢だった。

男性を虜《とりこ》にするような、妖艶《ようえん》な眼差しと唇。

誰かしら？　ハッと目を引く派手なタイプの美人だわ。まるで、赤い薔薇《ばら》みたいな雰囲気。

会場に姿を現したその女性の一言に、辺りはどよめいた。

当然だろう、こんな大切な時に私たちの誓いに割って入って異議を唱えるなんて、あり得ないことだ。

たとえこの国の有力な貴族の娘だとしても、将来の王となるアレクに対してこんな真似をするなど許されるはずもない。

それに相手の女性は見たこともない顔だ。こんなに美しい令嬢がいれば、この国の社交界でも話題になっているはずだろう。

そういった話に疎《うと》い私だって、知っているに違いない。

それ程際立った美貌の持ち主である。

めでたい席でのあまりのことに凍りつく会場の中を、ゆっくりとこちらに進んでくるその女性。

大広間に集まった招待客の何人かから思わず声があがる。

「あの美しい赤い髪、薔薇《ばら》のような美貌。もしや、あのお方は」

「ああ、ロシェルリア公国の……」

「間違いない、エルザ様だ。陛下の弟君にあたられるロジェレンス大公のご息女」

ロジェレンス家の名前は聞いたことがあるわ。

ロシェルリアというのは大きな港町で、その周辺を含めて小規模の都市国家が作られている。

そこを治めるのが陛下の弟君にあたるロジェレンス大公。貴族というよりは小国の国王に近い。

重い持病があるようで、私とアレクの婚約の儀式にはおいでにならなかったものの、その分沢山の祝いの品を送ってくださった。

エルザという名の娘がいることは聞いていたけれど……この人が？

「アレク？」

私は思わずアレクの手を握りしめて問いかける。

彼はエルザという女性をじっと見つめていた。

その眼差しに私は何故か胸騒ぎを覚える。

その不安を加速させるかのように、先程の招待客たちが囁《ささや》き合う。

「どうしてエルザ様が、このエディファルリアへ？　例の一件があって以来、決してここへはお見えにならなかったというのに」

「ああ、よりにもよってこんな時に」

例の一件？　なんのことだろう。

「エルザ様はアレクファート殿下にとって初恋の相手。本来なら殿下の婚約者となるはずだったお方だ」

「ああ、しかしその直前に心変わりされて、殿下のもとを去られたと聞く」

「アレクファート殿下の女性嫌いも、それが原因だと囁《ささや》かれてはいたが」

「それにしても相変わらずお美しい。殿下がかつて心を奪われたのもよく分かる」

どういうこと？　アレクの婚約者になるはずだった相手、それに初恋の人って……

突然のことに頭がよく回らない。

それに、どうしてアレクは何も言ってくれないの？

あの女性から唱えられた異議に対して、何も言わずに彼女を見つめるアレクの姿に不安が募る。彼のことを信じているはずなのに。

そんなアレクの代わりに、国王陛下が立ち上がるとエルザに向かって声を荒らげる。

「そなたはエルザ！　どういうことだ？　無礼ではないか！」

「陛下の仰る通りですわ。場をわきまえなさい！」

王妃様も立ち上がるとエルザに抗議する。

赤い薔薇《ばら》のような艶やかな令嬢は、二人に軽く礼をすると口を開いた。

「めでたい王太子の婚儀の前夜祭に、私もこのような無粋な真似はしたくはありません。ですが、この婚約に異を唱える者たちがいることを陛下はご存知ですか？　わたくしや父上のところには、そのような者たちからの書状が何通も届いています」

「書状だと？」

「はい、陛下」

まるでエルザの言葉に示し合わせたように、数人の貴族の令嬢たちが彼女の周りに集まっていく。そして、嘲《あざけ》りを込めた目で私を見つめた。恐らく私とアレクの婚約に反対する貴族の令嬢たちだ。

書状を送ったのは彼女たちだろう。

「本来アレクファート殿下に相応しい方は誰なのかを考えれば、当然ですわ」

「この国の未来を思ってしたことです。王太子妃に……いいえ、いずれはこの国の王妃となられるお方に誰が相応しいのか。それは、エルザ様以外にはあり得ませんもの」

「その通りですわ！　私たち、この結婚には納得ができません」

王族の血を引き、一国の王女に近い立場の大公の娘。

そんなエルザという後ろ盾を得て、勝ち誇った顔をする令嬢たち。

彼女たちを引き連れてエルザはこちらに歩いてくる。

「書状には獣人ではない上に、つい最近まで他の男性と婚約をしていた女性だと書いてありました。エディファンの王太子妃の座を狙って近づいた、聖女と名乗るのもおこがましい悪女だとね」

「そんな！　違うわ！」

私たちの目の前にやってきたエルザのあまりの言葉に、私は思わず叫んだ。

そして、拳を握りしめる。どうして何も言ってくれないの？　アレク。

悔しくて、体が震える。

エルザは親しげにアレクの傍に来ると、その頬を撫でる。

「可哀そうなアレクファート。私が貴方の傍を離れたのが、それ程ショックだったのですね。それで、こんなつまらない女と」

そう言うと、エルザは私を蔑《さげす》むように見つめる。

「みすぼらしい髪飾りだこと。聞きましたよ、孤児が作った花飾りだと。そのようなものを身に着けてこの場に現れる女が、いずれこの国の王となるアレクファートに相応しいとはとても思えませんわ」

きっと取り巻きの令嬢たちの誰かが、ミウが私にこの花飾りを渡してくれたのを見ていたのだろう。

エルザの言葉を聞いて、その後ろに控える令嬢たちが、私のことを嘲笑しているのが見える。

「……取り消して」

私は怒りを押し殺しながら言った。

許せない、私だけじゃなくてこの髪飾りのことまで。これはミウが心を込めて作ってくれたものなのに。

みすぼらしいだなんて言わせない……！

私はエルザを睨みつける。

「取り消せですって？　貴方はまだ分からないの？　私がアレクファートのもとに戻れば、貴方など必要ないのよ。そんなことも分からないなんて。貴方など私がいればアレクの婚約者にすらなれなかったというのに」

そう言って私の髪飾りに手をかけるエルザ。その目は、私に対する侮蔑《ぶべつ》と敵意に燃えている。

次の瞬間、彼女はミウがくれた花冠《はなかんむり》を無情にも握りつぶした。

「やめて！」

あまりの行動に、私は目を瞠《みは》り叫んだ。

シルヴァンやピピュオたちも、憤りを隠せない。

『ルナに触るな！』

『ママから手を放せ！　僕が許さないぞ』

『なんて女だ！　ミウからのせっかくのプレゼントをよくも！』

ジンは今にも飛び掛かりそうだ。

その時――

ミウの花飾りを持ったエルザの腕を、アレクが掴んだ。

「アレク！」

驚いた様子のエルザに対してアレクは静かに、でもしっかりとした口調で答える。

「エルザ、貴方は何か勘違いをしている」

「勘違いですって⁉」

アレクはエルザを見つめながら言った。

「たとえ貴方が俺の傍に戻ったとしても、俺はルナを選ぶだろう」

「冗談でしょう？　そんなことがあるはずがないわ、私よりもそんな女を選ぶなんて！」

プライドを傷つけられたのか、エルザの顔が怒りに歪《ゆが》む。

「ルナはこの花飾りに込められた幼子の心をよく知っている。誰よりも王太子妃に相応しい女だ。俺のルナへの愛が変わることなど、決してありはしない」

力強い言葉と凛々《りり》しい横顔に、私は自分の頬に自然に涙が伝うのを感じた。

彼のことを少しでも疑ってしまった自分が恥ずかしい。

エルザが美しい顔をさらに歪《ゆが》めてアレクを睨む。

「アレクファート、考え直すなら今よ。いずれ私はロシェルリア公国を治めることになる。私を敵に回せば、後悔することになるわよ！」

「言ったはずだエルザ。俺の心が変わることはないと。好きにするがいい、たとえ誰が敵になったとしても、俺はこの手でルナを守り抜く」

アレクの最後通告に、エルザは頬を真っ赤に染めて踵《きびす》を返した。

「その言葉を忘れないことね。でも、貴方はすぐに後悔することになるわ」

そして、振り返り私を睨む。

「明日が式だと安心しているようだけれど、覚えておくことね。貴方が王太子妃になることはないわ。王血統も持たない貴方が、将来この国の王妃になるなんて私は絶対に認めない」

「王血統？」

一体なんのことだろう。しかし、エルザは私の問いには答えずに、そのまま大広間から立ち去る。

その後を、先程の令嬢たちが、唇を噛み悔しそうな顔で追う。

彼女たちが出ていったのを確認すると、陛下がアレクを眺めながら頷いた。

「よくぞ言った、アレクファート！　聖女ルナはもう我が娘同然。安心せよ、決して悲しい思いなどさせぬ」

静まり返っていた大広間も、アレクの毅然《きぜん》とした態度と陛下の言葉に、再び祝賀ムードに戻っていく。

そんな中、私はエルザが姿を消した大広間の入り口を見つめていた。

すぐに後悔することになるって言っていたけれど、あれはただの悔し紛れの捨て台詞《ぜりふ》だったのか、それとも……

「そんなこと考えても仕方ないわ」

私は自分に言い聞かすようにそう口にする。

アレクがしっかりと私を守ってくれたことだけで十分。

彼が優しく私の花飾りに触れる。そしてそのまま腕を私の体に回し、ぎゅっと抱きしめた。

「ルナ、お前を愛している。これからも永遠に」

「アレク、私も」

彼の唇が私の唇に触れる。私は今までにない幸せを感じて、アレクの胸に顔を埋めた。

会場には再び万雷の拍手が鳴り響き、前夜祭は大きな盛り上がりを見せて幕を閉じた。

前夜祭も終わり、私はミーナと共に王宮に用意された自分の部屋へと戻り、部屋着用のドレスに着替えた。

あんなことがあったけれど、アレクや陛下たちのおかげですべて無事に終わった。

一部の貴族やエルザのように異論がある人はいるのかもしれないが、多くの人たちは祝福してくれたのだ。

ほっと胸を撫で下ろす私の傍で、相変わらず怒りが収まらない様子の仲間たち。

シルヴァンが牙を剥《む》いて言った。

『一体なんなんだよあいつ！　偉そうにさ』

『ママとパパの大事なお祝いだったのに！』

ピピュオもすっかりおかんむりで、翼を広げて地団駄を踏む。

リンやスーたちも、ジンからエルザの言葉を聞かされて憤慨している。

『リンも許せないんだから！』

『そうだよ！　ミウが作ってくれたお花の冠《かんむり》、とっても可愛かったのに』

『酷いことして、許せない！　大嫌い！』

ジンはシルヴァンの背中で宙返りして、こちらを見つめた。

『大公の娘だかなんだか知らないけどさ。すましたあの顔、ひっかいてやろうかと思ったぜ！』

ミーナはそんな仲間たちの姿を眺めながら、眉を吊り上げる。

「本当に腹が立ちましたわ！　相手は大公のご令嬢ですけど、憎らしくて平手打ちしてやりたくなりました！」

「もう、ミーナったら」

私よりも過激なミーナに苦笑が漏れる。

ミウからもらった花飾りの形を整えながら、私は唇を噛んだ。

思い出しただけで、悔しさが胸に広がる。

大切な前夜祭を、わざと滅茶苦茶にしようとしたとしか思えないから。

「きっと王太子妃になるルナ様に嫉妬《しっと》してるんです。そうに決まってますわ！　あの方は、ユリウス様に気を使われて王太子になろうとしないアレクファート様を見限って、傍から去ったのだともっぱらの噂ですもの。急に現れたのだって、アレクファート様が王太子になられたからに決まってるんです。最初から地位や名誉だけが目的に決まってるんですから！」

「そう……でも、おかしいわ。それなら何故私とアレクが婚約をする時に姿を見せなかったのかしら？　今になってどうして……」

私の言葉にミーナは首を傾げながら答える。

「それは分かりませんけど。でも、ユリウス様が王太子になっていれば、きっとユリウス様に色目を使ったに決まってるんです！」

「ユリウス殿下に？」

「はい。あの三人は、昔はまるで本当の兄弟のように仲がよかったと聞きますから」

私が知らない頃のアレク。私はミーナに尋ねた。

「ミーナ。あの人がアレクの傍から離れた時の事情を知っていたら教えて」

アレクは毅然《きぜん》とした態度で、エルザに対応してくれた。しかし、やっぱりどうしても気になってしまう。

あの二人が本当に付き合っていたのか、一体どんな関係だったのか。

私の問いに、ミーナは申し訳なさそうに答えた。

「私も詳しいことは。アレクファート様はその時のことはお話しになりませんから」

「そう……」

誰にも話したくないことがあったのだろうか。

その時、扉がノックされた。返事をすると、アレク付きの侍女が部屋に入ってくる。

そしてミーナと何事か話し、私に一礼して部屋を出て行った。

「ルナ様、もうじきアレク様がこちらにおみえになるようです。廊下には護衛としてリカルドさんたちもいますし、私はシルヴァンたちを連れて散歩に行ってまいりますね」

リカルドさんというのは、アレクが率いる赤獅子《あかしし》騎士団の中でも腕利きが選抜される、一番隊の隊長だ。

王宮の中や町に出る時は、いつも私の護衛を務めてくれている。

狼《おおかみ》族の血を引く彼の剣の腕は、アレクやルークさんに引けを取らないという。王宮の侍女たちにも、彼のファンは多い。

間もなく、リカルドさんが部屋に入ってくる。いつもは冷静な彼だが、今は怒りに拳を振り上げていた。

「ロジェレンス大公の令嬢とは言え、ファンクラブ一同、先程は怒りに震えました！　我らが女神であるルナ様を侮辱《ぶじょく》するなど、絶対に許せん!!」

「我らが女神って……」

私はドン引きをしながら、リカルドさんを眺めていた。

腕利きの剣士でとてもいい人なんだけど、あることがきっかけで騎士団の中に私のファンクラブを作り上げて、その会長をやっているらしい。

その胸には騎士団のマークとは別の形のバッジがつけられているが、それは私のファンクラブとやらのバッジだ。

幸いなことにアレクには内緒にしてもらっているものの、もしばれたらきっと大笑いされるだろう。

お転婆な私にファンクラブだなんて。ミーナは慣れた様子でリカルドさんを部屋から追い出す。

「はぁ、侍女たちが憧れる騎士団の一番隊の隊長が、ルナ様の前では本当になんて言ったらいいのか……はいはい、リカルドさん邪魔ですから、外に出ますよ」

「な！　ミーナ、俺はだな、我らが女神であるルナ様に元気を出していただこうと」

「分かりましたから。それはアレクファート様にお任せして出ていってください」

ミーナはシルヴァンとジンに声をかける。

「みんなも行くわよ。貴方たちもお邪魔虫なんだから」

『ちぇ、なんだよミーナ！』

『どうして、俺たちがお邪魔虫なんだ？』

ピピュオも翼を広げて抗議したが、ミーナは意に介さずに皆を部屋の外に誘導する。

ミーナは私がいない時は、いつも皆の世話をしてくれている。仲間たちも、そんな彼女の言うことは絶対だ。

そして、ミーナは皆を外に出して、私にウインクした後扉を閉めた。

「ミーナったら。でも、ありがとう」

この王宮に来てからというもの、いつだって私を助けてくれたミーナは、侍女というよりはもう親友に近い。

私はなんだかほっとして、ベッドの端に腰を掛ける。

そんな中、私はふとあることを思い出した。

「そうだ、すっかり忘れてたけど、私クラスチェンジしたのよね」

あんなことがあったから頭から抜け落ちていた。城門のところで祝福をしてくれている皆に手を振っていたら、例のパネルにそんな表示が出てきたはずだ。

私は気晴らしにでもなるかと思って、ステータスパネルを開く。

名前：ルナ・ロファリエル
種族：人間
職業：もふもふの聖女
E・G・K：シスターモード（レベル85）
力：125
体力：282
魔力：750
知恵：720
器用さ：427
素早さ：551
運：327

物理攻撃スキル：なし
魔法：回復系魔法、聖属性魔法
特技：【祝福】【ホーリーアロー】【自己犠牲《ぎせい》】
ユニークスキル：【E・G・K】【獣言語理解】【もふもふモード】
加護：【神獣に愛された者】
称号：【もふもふの治癒者】

あの時の表示を見た限り、『獣の聖女』から『もふもふの聖女』にクラスチェンジしたようだ。前と変わったのは、まず称号の【もふもふの治癒者】よね。

一体以前の【獣の治癒者】から何が変わったのだろう。私が確認するとステータスパネルに称号の説明文が表示される。

〈【もふもふの治癒者】：称号の力により、獣と獣人に対する治癒に特効が得られる〉

……これって、もしかして動物だけじゃなくて獣人たちの治療にも強い効果が得られるってこと？

実際に治療や調合を試したわけじゃないから分からないけど、説明を見る限りそんな気がする。

「もしそうだとしたら嬉しいわ！　もっとアレクの役に立てるかもしれない」

もちろん、獣人用の薬の調合の比率や薬草の種類は勉強しないといけないとは思うけど。

ことは命に関わる話だ。シスターの力で傷を塞《ふさ》ぐだけならまだしも、病気の治療に関しては生半可な知識でやれない。

薬というのは分量を間違えれば毒になることもあるからだ。

勉強するなら、ユリウス殿下に頼んで大書庫の本を借りればいい。

体調を考慮して前夜祭にはおいでになっていなかったが、明日の式典にはおみえになるはずだ。

後で挨拶がてらお願いしてみよう。あんなことがあった後だから、気晴らしにもなると思うし。

「それにしても、こっちの【もふもふモード】ってなんだろう？」

私は首を傾げる。

〈【もふもふモード】を使用しますか？　最初はチュートリアルで十分間の使用となります〉

チュートリアル？　よくゲームであるような、説明も兼ねたお試しモードみたいなあれよね。

アレクもまだ来ないし、試してみようかしら？

「【もふもふモード】を使ってみるわ！」

〈了解しました。【もふもふモード】初級レベルが発動します〉

もふもふモード、初級レベル……？

「あれ……変。体がふらついて……立ってられない」

私はそのまま手を床についた。

どうしたのだろう？　ベッドがさっきよりも大きく見える。

それに、どうやっても立ち上がれない。

『やだ、私どうしちゃったんだろう？』

まるで自分の体が縮んでしまったみたいだ。

その時、部屋の扉が開いて誰かが入ってくる。

「それではアレク様、私は外でお待ちしていますから」

「ああ、ルーク」

アレクだわ！　扉を閉めてアレクが部屋に入ってきたのが見えた。

私は必死にアレクに向かって走る。

そして、いつもよりもずっと大きく見える彼を見上げて叫んだ。

『アレク！　私変なの、ねえ助けて!!』

私はアレクの足元に駆け寄って、必死で声をかける。

それなのに、アレクは不思議そうな顔をして私に言った。

「どうした？　見ない顔だな、またルナの仲間が増えたのか？」

『私の仲間？　何言ってるのアレク、ルナよ!?』

立ち上がろうとするけど、立ち上がれない。

もどかしい気持ちでいると、突然アレクが私を抱きかかえた。

少し照れ臭そうに私を見つめている。

「どうしたそんなに鳴いて、こうして欲しいのか？」

『あ、アレク？』

アレクが私の背中をそっと撫でる。

「あいつのように動物の扱いは上手くないが、少しは落ち着いたか？　まったく、ルークに見られたらまた何を言われるか」

動物の扱いって何を言ってるの？　私はルナだってば！

……でも、とっても気持ちいい。

まるで大好きな飼い主に撫でられているペットにでもなった気分。

「それにしても、お前とは初めて会ったような気がしないな」

『当然でしょ。私よ、ルナよ？』

「それにしてもルナの奴、何処に行ったのだ？　俺が来ることは知らされていただろうに。ミーナもいないようだし、少しここで待ってみるか」

『何言ってるの？』

そう言いながら、アレクはベッドの脇に腰を掛ける。

すると部屋の姿見に私たちの様子が映り込んだ。

いつも通り凛々《りり》しいアレクの姿、そして……

嘘……なんなのこれ。

鏡に映っているのは、アレクに抱かれた白い猫だった。

アレクはその毛並みをそっと撫でている。

「美しい毛並みだな。ルナに手入れをしてもらっているのか？」

『え？　わ、わたし……』

もしかして、この白猫が私なの⁉

【もふもふモード】ってまさか！

私は手をそっと上げてみる。すると鏡の中の白猫も前足を上げた。

間違いない。信じられないけど、あれが今の私の姿だ。

自分で言うのもなんだけど、とっても可愛い白猫がそこには映っている。

さっきからアレクに話しかけている言葉も、人の言葉じゃないんだわ。

だから、アレクに通じないに違いない。

『ど、どうしよう‼』

ものすごく動揺しているけど、アレクが優しく撫でてくれるから不思議と落ち着いてしまう。

こうやって膝の上で大事に抱かれて撫でられていると、何も考えられなくなりそう。

そうよ……別にいいわよね。

チュートリアルだって言ってたもの。

十分経てば元に戻るはず、きっとそう。

私はアレクの膝の上で丸くなる。すっごく気持ちいい！

アレクったら、白猫でいた方が優しくしてくれるのかな？

思わず喉を鳴らしてしまう私。そんな私の喉をアレクが撫でる。

それからしばらくは、至福の時間が続いた。

『ねえ、アレク、もっと撫でて！』

私はすっかり白猫の姿にも慣れて、アレクにねだる。

普段はこんなに大胆なことはできない。

どうせなら、いっぱい甘えてもいいわよね。

あれ……私を撫でるアレクの手がいつの間にか止まっている。

どうして？　せっかく、とっても気持ちよかったのに。

恨めしげにアレクを見上げる。

「もう！　アレク、もっと撫でてってば」

「おい……ルナ、お前何をしている？」

アレクの目が驚愕に見開かれている。

その瞬間、アレクの膝の上に乗っている私の手が、いつもの自分の手に戻っていることに気がついた。

ベッドの端で、アレクの膝の上に乗って丸まっている状態だ。

人間の姿に戻ったため、アレクが支えてくれなければ床に転がり落ちそう。

「え？　……嘘」

十分って早すぎる！　あまりにも心地よくて、一瞬だった。

そんなことよりもこの状況。

まるで飼い猫のように前足……いいえ手を曲げて、アレクに甘えている自分が鏡に映っていて、顔が真っ赤になる。

茜はゲームキャラのコスプレが好きだったけど、ここまで痛いポーズを取っているのは見たことがない。

「あ、あのね！　これは違うの！　いつもの私じゃなくて、【もふもふモード】なのよ‼」

もはや自分でも、何を言っているのか分からない。

アレクは、眉間にしわを寄せてそこに手を当てると瞳を閉じた。

「ルナ、一体どうなってるのか、俺に分かるように説明しろ」

……黒歴史過ぎる。

もっと撫でてとか、甘えながら言ってる姿をバッチリ見られるなんて。

見た目は十七歳の少女だけれど、中身はアラサーだっていう自覚はあるだけに余計に恥ずかしい。

でも、一度ぐらいあんな風に甘えてみたかったのだ。

「あ、あの、だから、あの白猫は【もふもふモード】の私なの！」

「もふもふモード？　さっきから何を言っている」

私はアレクの膝の上で抱かれたまま、シュンとして彼を見つめる。

恥ずかしくて、もう一度白猫に戻ってしまいたい気分だ。

アレクはため息を吐きながら口を開いた。

「とにかく、さっきの白猫は、ルナお前なんだな？」

「私もさっき初めて使ったのよ。昨日までは使えなかった力なの」

「お前が動物たちと話せることは知ってるが、まさかあんな姿に……」

アレクは片手で顔を覆い隠しながら、ゆるゆると首を振った。

アレクの反応も当然だ。私が一番驚いているぐらいなんだから。

この世界の人たちにゲームのことを話しても、理解してもらえない。だから私のスキルについて詳しくは話していないけど、アレクは私にいくつか不思議な力があることは知っている。

動物の言葉を話せることや治療のこともそう。それにしてもこの力は想定外だ。

「驚いたわよね？」

「ああ、心臓が止まる程にな」

そうよね。本当は変身が解けるのを待ってもっときちんと話せばよかったんだけど、アレクに撫でられてたら心地よくて、他のことがどうでもよくなっちゃった。

人間でいる時とは考えや感じ方も、少し変わるのかもしれない。

すっかり落ち込んでいる私を見て、アレクは軽く咳ばらいをする。

そして、まるで猫だった時のように優しく私の髪を撫でた。

「これでいいか？」

「え？」

「撫でて欲しいのだろう？」

「――っ!!」

やっぱり聞かれてた！　恨めしげに見つめる私に笑うアレク。

絶対からかってる。

「まったくお前には驚かされる。だが、むやみに人前であの姿になったりするなよ。あの白猫がお前だと知られれば、どんな危険があるかもしれん」

「大丈夫よ、まだアレク以外誰も知らないから」

私はアレクをじっと見つめると続けた。

「アレク……私のこと、嫌いになったりしない？　こんな力を持ってるなんて変わってるでしょ？」

白猫になっている時は考えもしなかったけど、今思うと心配になってくる。

王太子妃が猫になるなんて聞いたことがない。

私の言葉にアレクはため息を吐くと答えた。

「お前が変わっていることぐらい知っている。白猫になったぐらいで、いつまでも驚いていたら身が持たん」

「な、何よそれ？」

でも、なんだか安心した。時々、白猫になってアレクに撫でてもらおうかな。

アレク、とっても優しかったし。

私はもう一つの新しい力のこともアレクに話す。

【もふもふの治癒者】の力についてだ。

「もちろん、まだ使ったことはないし、ユリウス様に頼んでよく勉強をしてからとは思っているけど。また大書庫を使わせてもらってもいい？」

「ああ。俺からもいい本を選んでもらえるよう、兄上には頼んでおこう」

「ほんとに？　ありがとう、アレク」

私は嬉しくなってアレクの手を握りしめる。

そして、ふと気になっていたことを尋ねた。

「ねえ、アレク。一つ聞いてもいい？」

「どうした。改まって」

「あのエルザっていう人が言っていた王血統って、一体なんのことなの？」

あの時、エルザは私を睨んで言っていた。王血統もない私はアレクの妻に相応しくないと。

私の言葉にアレクはしばらく考え込むと答えた。

「ルナ。お前はこの国に伝わる古い伝承を知っているか？」

「この国の伝承？」

首を傾げる私にアレクは頷く。

「今から千年ほど前の話だ。エディファンの元になる国を作った勇者ライオゼスとその妻、聖女リディアの伝説だな。ライオゼスの話ならば、お前も知っているだろう？」

「ええ、彼のことは私も聞いたことがあるわ。聖王妃となった聖女リディアのことも少しだけなら」

争いが続いていたこの地を平定し、一つの国を作り上げた勇者と聖女。

「二人は魔獣たちに愛されていたという。このエディファンで魔獣たちが保護されるようになったのは、それもあるのだ」

「へえ、そうなのね」

アレクったら、なんだか自分のことのように誇らしげ。

私がそんなアレクの横顔を見て笑っていると、彼は少し頬を赤くしてこちらを睨む。

「ルナ、何がおかしい？」

「だってアレク、とても楽しそうにライオゼスのことを話すんだもの。彼が好きなんだなって」

まるで物語に夢中になる少年のような彼の横顔が可愛くて、自然と笑みが深まる。

好きな人のこんな顔って、やっぱり嬉しい。

今は彼の方が年上だけど、前世も含めて考えたら私の方がずっと長く生きているんだから。

それに、アレクが好きなことはなんでも知りたい。

アレクはこほんと一つ咳ばらいをすると、話を続ける。

「エディファン王家の中には、そんな彼らの血を色濃く受け継ぐ者たちが稀《まれ》に生まれる。それが王血統だ。勇者ライオゼスの王血統を持つ者は、例外なく燃え上がるような髪と獅子《しし》族の血を色濃く継いでいる。そして聖王妃リディアの王血統を持つ者は、非常に珍しい銀狐《ぎんこ》族の特徴を持つ」

「それって……」

思わず私は息を呑む。

「ああ、俺は獅子《しし》族の王血統、そして兄上は銀狐《ぎんこ》族の王血統を持っている。王家で同時期に二人の王子が王血統を持って生まれてくることは稀《まれ》だ」

「そう……だからユリウス様は」

ただ自分が病弱だから、アレクに王太子の座を譲《ゆず》ったんじゃない。

弟がそれに相応しい存在だと知っているからこそ譲《ゆず》ったのだろう。

でも、ちょっと待って。エルザは私には王血統がないからアレクに相応しくないと言った。

じゃあ、あの人は……

「アレク、もしかしてあのエルザっていう人も」

「ああ、そうだ。俺と同じ獅子《しし》族の王血統を持っている。だからこそ、周囲は次第に俺か兄上、王太子になった者の妻にエルザがなるのだと噂をするようになったのだ」

「そうだったの。……アレクは、あの人のことが好きだったの？」

やっぱり気になって、つい聞いてしまった。

でも、その後にすぐに後悔した。もしもアレクの答えがイエスだったら……

「ああ、好きだった」

アレクの言葉に私は言葉を失う。なんて返事をしたらいいのか分からない。

抑えようとしても、心の奥から嫌な感情が湧き上がってきてしまう。自分がこんなに嫉妬《しっと》深いなんて、思わなかった。

アレクは身を固くする私をそっと抱いて、髪を優しく撫でた。

「……姉としてな。従姉《いとこ》だが、俺はエルザを姉としてしか意識をしたことがない。俺が好きになったのは……お前が初めてだ」

「ほんとに？　あの人、とっても綺麗だもの」

私は、アレクを見上げながらそう言った。彼は目をすっと細め、私の唇を塞《ふさ》いだ。

それからしばらく、私たちは部屋の中で過ごした。

肩を寄せ合いながら色々なことを話す。

そんな中で、アレクは聖王妃リディアについても詳しく話してくれた。

「ルナ、お前を見ていると聖王妃リディアの話を思い出す」

「どうして？　私は人間よ、銀狐《ぎんこ》族でもなければ獣人族でさえないじゃない」

私の言葉に、アレクは首を横に振る。

「確かにお前は人間だが、聖王妃リディアも不思議な力を持っていたという。そして、お前が神獣セイランの加護を受けているように、リディアも神獣フェニックスに愛されていたというからな」

「フェニックスって、あの伝説の不死鳥？」

「ああ」

不死身の神獣と呼ばれる巨大な炎の鳥。

私も小さい頃、物語で読んだ。神獣と呼ばれる獣の中でも、最も長く生きていると言われている生き物である。

どんな姿をしているのか、実際に見た人はほとんどいないって聞く。伝承の中だけの存在だとすら言われているぐらい。

アレクは真剣な表情で頷く。

「エディファンの伝承には確かに記されている。かつて、聖王妃リディアが病に苦しむ夫のために神獣フェニックスの試練に挑んだとな。彼女が手に入れた美しい一枚の羽根、それが夫の命を救ったという。二人はその後結ばれて、このエディファンの基礎となる国を作ったと聞く」

「そんな伝承が……知らなかったわ」

アレクは腰から提げた剣を抜くと、私にそれを見せる。

「この剣は聖剣ライザーク、かつて勇者と呼ばれたライオゼスが使っていたという剣だ。王太子となった時、父上から授《さず》かったエディファン王家の秘宝でもある」

「この剣にそんな伝承があったのね」

私の言葉にアレクは頷くと言う。

「そして、この剣には対になる腕輪が存在する」

「この剣と対になる腕輪？」

「ああ、そうだ。聖王妃リディアが授《さず》かったという神獣フェニックスの腕輪、エディファン王家に伝わる聖なる秘宝の一つだ」

まるでゲームに出てくる伝承のアイテムみたい。

私は興味をそそられて身を乗り出した。

「神獣から授《さず》かった腕輪なんて凄い！　それは今どこにあるの？」

「王宮の宝物庫の奥深くにしまわれているというが、その在りかは国王である父上しか知らぬのだ」

「ますます神秘的ね。いつか見てみたい」

すっかり夢中になって、先程までの嫌なことなど忘れてしまった。

いつかアレクがこの国の王様になったら、私も目にすることができるかもしれない。

胸を弾ませつついると、部屋の扉がノックされた。

「ルナ様、ミーナです」

どうやらシルヴァンたちを散歩に連れて行ってくれたミーナが、戻ってきたようだ。

私はアレクと顔を見合わせる。

「ねえ、アレク。ミーナにはあの力のことを話しておきたい。駄目？」

「そうだな、ミーナは信頼できる。それにルークとお前の護衛隊長であるリカルドにも伝えておいた方がいいだろう。万が一、お前があの姿になっている時に何かあっては困るからな」

私はアレクの提案に頷く。

確かにその三人なら信頼できる。

私はベッドから立ち上がると、扉の方に歩きながらミーナに答えた。

「ミーナ、入ってもいいわよ。それからルークさんとリカルドさんを中にお通しして」

「はい、ルナ様！」

ミーナは扉の外で返事をし、ルークさんたちに声をかけて一緒に部屋に入ってくる。

もちろん、散歩に出かけていたシルヴァンやジンも一緒だ。

皆が部屋に入ってくると、アレクがルークさんに言う。

「ルーク、扉を閉めろ。それからミーナ、リカルド、これからお前たちが目にすることはここにいる者だけの秘密だ。誰にも話すな、分かったな？」

「は、はい！　殿下がそう仰るのでしたら」

「かしこまりました、殿下！」

返事をしながら顔を見合わせる二人。

ルークさんが不思議そうにアレクに尋ねる。

「何かあったんですか？」

「まあ、見ていれば分かる。流石《さすが》のお前も驚くと思うぞ」

アレクは悪戯《いたずら》っぽく笑う。

もう、アレクったら。先に説明してからにしようと思ったのに。自分が驚いたからって皆も驚かせたいみたい。

シルヴァンやジンも不思議そうに私の傍にやってくる。

『どうしたんだルナ？』

『誰にも話すなってなんのことだよ？』

皆が部屋に入って来たからだろう。

リンやメルも私を見つめる。

『ルナぁ、どうしたの？』

『改まってどうかされたんですか？』

ルーとスーは、昼間に元気よく薬草を取りに駆け回ってくれたからなのか、もう眠そうだ。

『ルー眠いよぉ』

『スーも』

二人につられてピピュオの愛らしい目もとろんとしている。

『ママどうしたの？』

『みんな丁度よかったわ。今から私の新しい力を使ってみせるから』

『新しい力？』

リンが可愛らしく首を傾げる。

『ええ、驚かないでね』

アレクがウインクをしている。早速やってみせろってことね。

私は皆の前でもふもふモードを発動させる。

「【もふもふモード発動！】」

ちょっと恥ずかしいセリフだけど、言わないと使えないのだからしょうがない。

淡い光を放って、私は白猫の姿になっていく。

「な!?」

「嘘……ルナ様！」

「こ、これは一体!!」

普段は冷静なルークさんも驚いたようで、零れんばかりに目を見開いている。

シルヴァンたちも私の周りに駆け寄って声をあげる。

『な！　なんだよこれ……もしかして、ルナ？　なのか』

『ええ、そうよシルヴァン』

ジンはシルヴァンの背中から転がり落ちそうになりながら私に言った。

『嘘だろ？　ほ、ほんとにルナなのかよ！　どうなってんだ⁉』

リンやスーたちが白猫になった私の周りを取り囲む。

いつもより大きく見える私の仲間たち。ルーたちもすっかり眠気など吹き飛んだ様子だ。

『ルナぁ、可愛い！』

『ルナが猫になったよ！』

『ほんとにルナなの⁉』

『ええ、そうよ』

気がつくと、とろんとしていたピピュオの目も大きく見開かれている。

私が変身するのを見たのだろう、驚きを隠せないまま翼をパタパタとはためかせる。

『ママ！　ママ⁉』

大きな体をしていてもまだ幼いピピュオには、何が起きたのか分からなかったのだろう。

この白猫が私だなんて信じられないに違いない。

私が消えてしまったと勘違いしたみたいで、その大きな目に一杯涙を浮かべている。

『どこいったの⁉』

周囲をキョロキョロと見回して泣くピピュオを見て、私はその背中にぴょんと飛び乗る。

自分でも驚くぐらいに軽やか。

『ごめんね、ピピュオ！　泣かないで、ママよ！』

ピピュオの顔に頬をすり寄せる。

ピピュオが、大きな瞳で私をジッと見つめている。

『ま～ま？』

まだほんの小さかった頃に戻ったように小首を傾げるピピュオは、超がつくほど可愛い。

『そうよ、ま～まよ』

すると、大きな頭を私にすり寄せるピピュオ。

私のことをママだと分かってくれたみたいだ。

抱きしめてあげたいけど、この姿だものね。

ミーナが目を輝かせてこちらに駆け寄ってくる。

「はぁ、なんなんですかルナ様！　その姿、可愛すぎます！」

ルークさんは呆気にとられながら私を見つめると、ふぅと息を吐いて微笑む。

「まったく、ルナさんにはこれまで何度も驚かされましたが。これはそれ以上ですね」

リカルドさんは、胸のバッジに手を当てて、白猫の私に敬礼する。

「白猫ルナ様……尊い」

『……』

その敬礼は何？　それに白猫ルナ様って……

でも、これって【もふもふモード】の初級なのよね。

使い続けていたら中級や上級に上がるのかな？　そしたらどうなるんだろう？

そんなことを考えながら、私は再び人間の姿に戻る。

チュートリアルが終わったから、好きな時に元の姿に戻れるみたい。

楽しいし、注意しながら使えば大丈夫だよね。何かの役に立つかもしれないし。

その後、アレクは仕事に戻って私はミーナや仲間たちと時間を過ごした。

【もふもふモード】をもっと試したかったので、もちろん白猫姿のままである。

ピピュオは私が部屋の中を歩くと、その後ろを大きな体でチョコチョコと一生懸命に追いかけてくる。

もうその姿が可愛くて仕方ない。

ミーナは、いつも私が皆にしているように私の体をブラッシングしてくれた。

特製のブラシで毛を撫でてもらうと、とても気持ちいい。

ミーナが上手だから、気持ちよすぎてふにゃっとなってしまう。

「ふふ、とっても可愛いですよルナ様の白猫姿」

『ミーナ、ありがと！』

言葉は通じないから、私は尻尾を振ってミーナに答える。

自分に尻尾があるなんて新鮮な感覚だ。

それに、自分がもふもふされる日が来るなんて思わなかった。

リカルドさんがミーナに言う。

「ミーナ、少しルナ様を腕に抱いても構わないだろうか？　白猫ルナ様が可愛すぎて仕事にならん！」

「うふふ。それ以上ルナ様に近寄らないでください、リカルド隊長。アレクファート殿下に言いつけますよ」

ミーナ、目が笑ってないわよ。

アレクの名前が出て、リカルドさんはすごすごと引き下がる。その姿がちょっと可愛い。

しばらくそうやって過ごしていると、ピピュオが私を追いかけて遊ぶのに疲れたのか、床に丸まって眠り始めた。

日も落ちかけているのを見て、私はハッと思い出す。

『そうだわ！　大書庫にいかないと。ユリウス様が待っていらっしゃるかも』

自分からアレクに頼んでおいて、遊んでいる場合じゃないわよね。

私は人間の姿に戻ると、ベッドの傍で丸くなっているピピュオの頭を撫でながら皆にお願いする。

『ねえ、みんなここでピピュオを見ててくれない？　私、ちょっと出かけてくるわ』

皆がピピュオと一緒にいてくれると安心だし、勉強しに行くんだから付き合わせても退屈するものね。

リンとスーたちは直ぐにピピュオの周りに行くと、嬉しそうに頷く。

『任せて、ルナ！』

『スーたちピピュオのお姉ちゃんだもん！』

『ピピュオ、ルーお姉ちゃんだよぉ』

そう言ってピピュオの傍で丸くなるルー。可愛くも頼もしいお姉ちゃんたちだ。

シルヴァンとジンも胸を張る。

『任せとけって、なあシルヴァン』

『ああ、ジン』

シルヴァンやジンがいてくれたら安心だ。

ここは王宮の中だし、私にはリカルドさんが護衛についてくれているから。

私はミーナに言う。

「ミーナ、お願いね。私、少し大書庫に行ってくるわ」

「ええ、分かりました。リカルド隊長、くれぐれもルナ様に変なことしないでくださいね！」

「おいミーナ、俺を信用しろ」

さっきの発言でミーナからの信頼度が少し下がったリカルドさん。そんな彼と一緒に大書庫へ向かう。

書庫に入ると、ユリウス様はいらっしゃらなかったけど、テーブルの上には既に私が読みたかった本が何冊も用意されていた。

司書さんが私に言う。

「ユリウス殿下のご指示で、獣人の医学の基礎に関する本を集めてあります。さらに詳しい物がご覧になりたければ仰ってください。直ぐにご用意します」

「ありがとう！　これで十分だわ」

まずは基礎が大事だ。獣人たちや扱う病気について一から知らないと。

司書さんは私にお辞儀をする。

「それでは私は、お邪魔になるといけませんから」

そう言って、書庫の奥へと戻る司書さん。

リカルドさんは、入り口付近に陣取り私に言った。

「ご安心してご勉学を。私がここで見張っています」

「ありがとう、リカルドさん」

なんだか懐かしい、昔を思い出すわ。

魔獣たちのこともこうやって本で学んだ。この世界の薬草のことも。

せっかく【もふもふの治癒者】の称号を手に入れたんだから、この国の役に立ちたい。

でも、いい加減な知識のまま使うのは危険だ。

私は頬を軽く叩いて気合を入れ、テーブルの上に置かれた本を一冊手に取った。


――どれくらい経っただろう。夢中になって本を眺めていると、いつもつい時間を忘れてしまう。

ふと気がつくと、背後から私を見つめる誰かの視線を感じた。

「誰!?」

私は、急いで振り返って、その視線の主に思わず目を見開いた。

「ユリウス殿下！」

後ろからこちらを見つめていたのはユリウス様だった。

いつから見ていらっしゃったのかしら？　全く気がつかなかった。

「ユリウス様、いつからいらしたんですか？」

「ふふ、邪魔をするつもりはなかったのですが」

もう、リカルドさんも教えてくれたらいいのに。

私は立ち上がると、慌ててユリウス様に頭を下げる。

「ごめんなさい、少し目を通してお礼に伺うつもりだったんですけど、夢中になってしまって！」

「熱心ですね。本当に不思議な方だ、少女のように無邪気だと思えば勤勉な顔も持っていらっしゃる」

「そ、そんな」

あの、ユリウス様、お顔が近いです。

そんな綺麗なお顔で褒《ほ》められると、顔が赤くなってしまう。

人化したセイラン様に引けを取らない程の美男子だもの。

褒《ほ》めてくださるのは嬉しいけど、少女のようって……ちょっと落ち込む。

実際は、完全に大人じゃないといけないぐらいの年齢なのに。

茜にも「詩織って子供っぽいところがあるよ」って言われてた。

そんなこと言われても、自分じゃ分からないものだ。

ユリウス様は私に座るように勧めると、その隣の椅子におかけになる。

「何か分からないところはありませんか？　自分の病への興味もあって、医学には私も心得がありますから」

「そうなんですね！」

私はお言葉に甘えて、ユリウス様を家庭教師に勉強を続けた。

近くで私を見つめながら、ニッコリ微笑んでくれるユリウス様。

緊張するものの、こんな素敵な方がお義兄様になるなんて……私は元の世界でもこちらでも一人っ子だからとても嬉しい。

ユリウスお義兄様なんてお呼びするようになるのだろうか？

そんな妄想にふけっていると、ユリウス様に声をかけられる。

「ルナさん、聞いてますか？」

「ご、ごめんなさい……えっと、獣人族の歴史ですよね」

勉強に集中しないと。家庭教師が美男子過ぎるのも問題だわ。

獣人の歴史がなぜ医学に関係しているかは、彼らのルーツに関わっている。

今でこそ獣人族はひとくくりになっていて、見た目も似ているけれど、昔はもっと細かく分かれていたそうだ。

犬人族や猫人族が最も多かったみたいだが、狼《おおかみ》や獅子《しし》系の獣人もいた。

大昔より長い年月をかけて、各種族間の婚姻が進むことで今の獣人族が生まれたという。

「ですが、今でもその中の特別な種族の血を色濃く受け継いでいる者が生まれることがある。例えばアレクであれば獅子《しし》族の血ですね。エディファンを築いた勇者ライオゼスもそうでした」

「分かります、アレクって怒ると獅子《しし》って感じだもの」

凛々《りり》しくて、燃え上がるような赤い髪をしたライオンって感じ。

私を人質にした密猟者たちもすっかり怯《おび》えていたぐらい。

ルークさんは青狼《せいろう》族の血をとても色濃く受け継いでいるそう。確かに青い髪で穏やかなんだけど、怒らせると狼《おおかみ》みたいに怖いものね。

「優れた種族の血を濃く受け継いだ者の能力は高い。アレクやルークの身体能力の高さは、その賜《たま》物《もの》でもありますね」

私はユリウス様の耳をジッと見つめる。

「確かユリウス様は……」

「ええ、私は銀狐《ぎんこ》族の血を濃く受け継いでいます。王家でも現れることが少ない種族なのですが」

私は種族別の特徴を本で調べる。

獅子《しし》族は力の象徴、一方で銀狐《ぎんこ》族は知恵の象徴的な存在だそうだ。

「獅子《しし》族と銀狐《ぎんこ》族は特別な血統で、王血統と呼ばれています。勇者ライオゼスが獅子《しし》族、聖女リディアが銀狐《ぎんこ》族の血を色濃く受け継いでいたことに由来しますね」

「ええ、王血統のことはアレクから聞きました。やっぱりユリウス様は聖王妃リディアと同じ王血統なんですね」

私の言葉にユリウス様は微笑む。

「ええ。アレクからも聞いたかもしれませんが、王家に王血統を持つ王子が二人も生まれるのは稀《まれ》です。私が王血統を持っていなければ、初めからすんなりとアレクが王太子になったのですが……。私は生まれつきこんな病弱な体、いっそのこと王血統など消えてしまえばと思ったこともあります」

「そんな……」

「ふふ、そんな顔しないでください。ルナさんのおかげでアレクが王太子になってくれたんですから」

どちらもエディファン王家以外には滅多《めった》に存在しない血統だそう。

「獣人族の病は獣人全般に共通のものと、受け継いだ種族によるものがあります。まずはそれを見極めるのが大事ですね」

「思ったよりも、ずっと大変……」

普通の治療とは別に、受け継いだ種族に起因する病気もあるなんて。

思わず弱音を吐く私を見てユリウス様は笑う。

「ルナさんならできますよ。私でよければいつでもお手伝いします」

「ほんとうですか?」

こんなに優しいお義兄様と勉強できるなら、はかどりそう。

私は気になっていたことを尋ねる。

「あ、あの……私が必要な知識を身につけたら、ユリウス様のご病気のことも教えて頂けますか？」

ユリウス様はジッとこちらを見つめる。

返事はない。馬鹿だ、調子に乗って余計なことを言ってしまった……

立派なお医者様たちがついているだろうに、私が生意気に口を出すなんて。

アレクのお兄様に元気になって欲しかっただけなのに、これじゃ完璧に空回りだ。

「ごめんなさい……私なんかが余計なことを」

その時——

一瞬、時が止まったかのように感じた。

ユリウス様がそっと私の頬に触れて、優しく微笑んでいるからだ。

「貴方は一生懸命で本当に可愛い人だ。私のことを心から心配してくれている」

「あ、あのユリウス様……」

距離が近すぎるよ。

「ですが、もしも病が治ってしまったらと思うと少し怖い気がします。私にも、欲が出てしまうかもしれないですから」

欲って、王太子の座のことかしら。

そうよね。本来ならユリウス様が王太子になるべきなのだから。元気になったら、彼が王太子の座を欲するのも不思議ではない。

「そんな、ユリウス様がアレクと王太子の座を巡って争うなんてないと思います。アレクだって、その時は喜んでユリウス様にお譲《ゆず》りして、次の王になって欲しいって言うに決まっているもの」

アレクならそうするだろう。王太子妃に憧れがないといえば嘘になるけど、ユリウス様が王太子として活躍される姿も見てみたい。

ユリウス様はそっと私の髪を撫でると、首を横に振った。

「王太子の座などどうでもいい。……ですが、ルナさんをアレクから奪ってしまいたくなるかもしれない。ふとそう思ったんです」

そう言ってジッと私を見つめるユリウス様。

冗談だって分かっているけど、私は動揺して声が上ずった。

「そ、そんな、冗談が過ぎます！」

「ふふ、冗談だといいんですが」

慌てる私に、ユリウス様はニッコリと微笑む。

もう、私をからかって！　こんなに綺麗な顔をして人が悪いんだから。

すっかり病のことをはぐらかされてしまった。

その時、ユリウス様の侍女が現れてこちらに向かってきた。

そして、何事かをユリウス様の耳元で囁《ささや》く。

先程までの優しい笑顔が消えて、ユリウス様の眼差しが恐ろしいくらい冷たくなる。

「エルザが？」

「はい。お止めしたのですが、ユリウス様にお会いしたいと強引に」

エルザってあの人よね。

どうしてここに？

しばらくすると、赤い髪を靡《なび》かせてエルザが大書庫に入ってくる。

ユリウス様は立ち上がると、私を守るように前に出た。

エルザは優美な笑みを浮かべると、視線をこちらに向けた。

「あら、ごきげんよう。ユリウスに会いに来たのですけど……貴方もいらしたのですね、聖女ルナ」

「え、ええ……」

言葉とは裏腹に私を眺めるその目には、強い敵意が浮かび上がっている。

ユリウス様は、エルザを睨んで鋭く言う。

「エルザ、無礼ではありませんか？　一体私になんの用ですか。私は貴方と話すことなどありませんよ」

「怖い顔だこと。アレクファートだけではなく、ユリウスまですっかり抱き込んだようね。男をたぶらかすことに長《た》けた悪女だという訴えも、あながち嘘ではなさそうだわ」

エルザの言葉にリカルドさんが声をあげる。

「エルザ様！　その言葉、聞き捨てなりません!!」

リカルドさんの声にエルザは顔をしかめる。

そして、冷めた顔で私に言った。

「呆れたわね。騎士団の騎士まで、王族であるこの私に礼を欠くほど我を失うとは。どうやら貴方は、周りの男をすべてたぶらかさなくては気が済まないようね。聖女が聞いて呆れるわ」

「ぐっ!!」

リカルドさんが怒りの表情を浮かべながらも、言葉を詰まらせる。

何かを言えば、余計に私の立場を悪くすると思ったのだろう。

私は怒りに震えた。

あんな言い方ってない!

私だけじゃない、ユリウス様やリカルドさんまで侮辱《ぶじょく》するなんて。

思わず前に進み出た私を、ユリウス様がお止めになられた。

「ルナさん、悪いのですがエルザと二人で話がしたい。リカルドと外で少しお待ち頂けませんか?」

「ユリウス様」

リカルドさんが、私の手を取ると言う。

「参りましょう、ルナ様。ここはユリウス殿下にお任せを」

「で、でも……」

普段はお優しいユリウス様が怒っていらっしゃる。

エルザを見つめる美しいその横顔は、有無を言わせぬ気配を放っていた。

私はユリウス様のことが気になりながらも、大書庫の外に出る。

殿下の命令で人払いがされて、侍女たちや衛兵もその場を離れた。

人の姿が消え、静まり返る王宮の廊下。

リカルドさんはユリウス様に命じられて、入口の警護をしながら私の傍にいる。

私は気が気じゃない思いで、扉の前で待つ。

「どうしよう、私のせいで……」

一体、二人は中で何を話しているのだろう。

気になって仕方がない。

「ルナ様、ユリウス殿下にお任せをすれば大丈夫です。いくら大公家の令嬢と言えども、ユリウス殿下にこれ以上の非礼はできますまい」

「それはそうだけれど……」

敵意に満ちた彼女の眼差しに、なんだか嫌な予感がする。

「ねえリカルドさん、やっぱり私を中に入れて！　どうしても気になるの」

「申し訳ありません。いくらルナ様のお望みでも、ユリウス殿下の固いお申しつけ故、ご命令を破るわけには」

私はリカルドさんの手を握りしめて、もう一度強く願う。

「お願い！　私の我《わ》が儘《まま》だって分かってる。でもどうか願いを聞いて。せめて、どんな話をしているかだけでも知りたいの」

盗み聞きするような真似はしたくない。

しかし、胸騒ぎがしてじっとしていられないのだ。

「ルナ様……」

困った顔をするリカルドさん。

当然よね、ユリウス様のご命令に背《そむ》くことになるんだもの。

彼は唇を噛み締めながらしばらく考え込むと、大書庫の扉を少しだけそっと開いた。

「リカルドさん？」

私は彼を見つめる。

リカルドさんは、私に言った。

「ユリウス殿下のご命令は絶対です。ルナ様をお通しすることはできません。ですが、足元を白猫が通り過ぎるのであれば、私は気がつかないかもしれない」

私はリカルドさんが言っていることの意味が分かって、大きくその言葉に頷いた。

「ありがとう！　リカルドさん」

周囲に私たち以外誰もいないことを確認し、【もふもふモード】を使う。

白猫になった私は、僅《わず》かに開いた扉をすり抜けて大書庫の中に入り、音もなくユリウス様とエルザの会話が聞こえるところへと進む。

さっきまでいた場所にほど近い書棚の陰に隠れて、二人の様子を窺《うかが》う。

リカルドさんが言うように、従兄《いとこ》であるユリウス殿下に対して、あの人が何かをするとは思えない。

でも、妙な胸騒ぎは激しくなる一方だ。

ユリウス様はエルザを睨んでいる。

「エルザ、一体なんのつもりなのです。めでたい婚儀の前夜祭で二人の顔に泥を塗ったりして。貴方はどうかしている。まさかアレクファートが王太子になったことで、その妻の座を奪いたくなったとでもいうのですか？」

「ええ、そうよ。あの子よりも私の方が遥かにこの国の王太子妃に相応しいもの。今までは、貴方かアレクのどちらが王太子になるか分からなかった。でも、今は違うわ」

そう言い放った後、エルザは先程まで私が勉強していた本を手に取り、妖艶《ようえん》な笑みを浮かべる。

「王血統……ふふ、貴方も知っているでしょう？　アレクほどではないけれど、私も獅子《しし》族の王血統を引き継ぐ王族の一人。元々アレクファートの婚約者には私が一番相応しかった。あんな女よりもずっとね」

大公家の娘でアレクの従姉《いとこ》。

王血統を持ち、大輪の薔薇《ばら》の花のような美しさ。

自信に満ち溢れた表情。

確かにこの人なら、この国の王太子妃に相応しい。誰もがそう思うだろう。

一瞬、私はその美しい薔薇《ばら》に気圧《けお》されそうになった。

その時——

ユリウス様の笑い声が静かに辺りに響いた。

エルザの眼差しが鋭くなる。

「何がおかしいの、ユリウス！」

「ふふ、二人になってみてよかった。貴方の本音を聞くことができましたからね」

ユリウス様はエルザを正面から見つめる。

「いいえ、本音を装っている姿と言ったらいいのでしょうか。何者です貴方？　王血統のことまで……彼女のことをよく調べてはいるようですが、貴方はエルザではない。断じてね」

その言葉に私は、白猫の姿のまま呆然と二人を眺めていた。

一体どういうことなの？　この人がエルザじゃないって。

赤い薔薇《ばら》のような美貌を持つ大公家の令嬢は、ユリウス様を睨みつけている。

「くだらないことを！　何を言い出すかと思えば、じゃあ私は誰だと言うの？」

「それは分かりません、ですがエルザではない。確かにエルザはアレクファートのことを愛していました。たとえ王太子にならなくても、許されるなら結ばれたいと思っていたでしょう」

ユリウス様は、目の前の女性を見つめながら続ける。

「ですが、彼女が一番よく知っているのです。自分がアレクファートとは決して結ばれぬ運命だということをね。この秘密を知らぬ貴方が、エルザのわけがない」

「何を言うの、ユリウス。王血統を持つ王族の女は王妃に選ばれることが多い。私がアレクに相応しいのは当然だわ」

「残念ですが例外がある。貴方が本物のエルザなら、自らの王血統を誇らしげに語ることはない。エルザにとってそれは呪わしいものでもあるのですから」

ユリウス様の言葉に、一瞬動揺した様子を見せたエルザ。

同時に苦しげに胸を押さえて、その場に膝をつく。

「ゆ、ユリウス……」

何か変だわ。

今までの自信満々の彼女とは違う表情に、私は目を瞠《みは》った。

まるで自分の中にある何かを抑えつけているみたい。

すると、その口から忌々《いまいま》しげに言葉が発せられた。

「くっ……おとなしくていろ、しぶとい女め！」

私はその声を聞いてハッとした。

先程までの声じゃない。低い男の声。

直後に女性の声が、薔薇《ばら》の花びらのような赤い唇から漏れる。

「ユリウス……逃げて。私が馬鹿だったの、あんな男の言いなりに……ううっ!!」

やっぱり様子がおかしい。

困惑していると、彼女の赤いドレスの胸元に、黒い蛇《へび》の紋章が浮かび上がっていく。

「それは、まさか黒蛇《こくじゃ》の呪印！」

ユリウス様はそれを見て息を呑んだ。

「それは邪神ヴァルセズの使徒が使う紋章……エルザ、やはり貴方、誰かに操られているのですね！」

邪神ヴァルセズ。

私も聞いたことがある。

かつて、神獣たちが辛《かろ》うじて地の底に封印した黒く巨大な九つの頭を持った蛇神。

その時に命を落とした神獣もいると聞く。

あの黒い蛇《へび》の紋章、間違いない。私も本で読んだことがある。

今でも、その邪神を信仰している者たちがいると書物には書いてあった。

その中でも使徒と呼ばれる者は、神獣の巫女にあたる存在だわ。

人の負の感情を利用して、強力な呪術を使う。

表に出れば、決して許されない異端の者として扱われる。

「許してユリウス。こうするしかなかった……お父様の命を救うためには、あの男の言いなりになるしか」

呻《うめ》くように話すエルザに、ユリウス様は焦った顔で尋ねる。

「お父様の命？　エルザ、叔父上に何かあったのですか⁉　あの男とは一体誰のことです？」

「ぐっ……うう」

まるで、誰かにそれを話すことを禁じられているかのように、エルザは胸の黒蛇《こくじゃ》の紋章を押さえて苦しみだす。

「しっかりしなさい、エルザ！」

ユリウス様はエルザの体を抱き起こし、叫んだ。

私はその瞬間、白猫の姿のまま二人のもとに駆けだしていた。

『駄目！　ユリウス様!!』

エルザが苦悶《くもん》の表情を浮かべながら、隠し持っていた小さな懐剣を取り出すのが見えたからだ。

彼女がその剣でユリウス様を刺し殺すつもりなのではと思い、気が急く。

でも……

彼女は自分で自身の胸に剣を突き立てていた。

呆然とするユリウス様。私も、その場に凍りつく。

エルザは息も絶え絶えにユリウス様に言った。

「ア……レクファートに伝えて……エルザが謝っていたと。それからあの人にも……アレクに愛されてるあの人が憎かった。この黒い蛇《へび》が私を嫉妬《しっと》深く浅ましい女に」

「エルザ……」

彼女の虚《うつ》ろな瞳から血の涙が流れている。

その唇がうわごとのように呟いた。

「お父様……エルザは先に参ります。お救いできず……申し訳ございません」

彼女に何があったの？

そして、彼女の胸に黒い蛇《へび》の印を刻んだのは一体誰？

血を吐き出しているその口から、別の何者かの笑い声が聞こえてきた。

「ふふ、黒蛇《こくじゃ》の呪印に逆らってまで自ら死を選ぶとはな。こうなればいっそユリウスだけでもと思ったが、役に立たぬ女だ」

邪悪で人の命をなんとも思っていない声だ。

死んでいく彼女をまるで物のように扱い、嘲笑っている。

私はその声を聞いて全身が震えた。白猫から人の姿に戻ると同時に、彼女の胸の傷に手を当てる。

突然現れた私に、驚くユリウス様。

「ルナさん！」

そして、彼女の中に巣食う何者かが、目を見開いて私を見ている。

「ば、馬鹿な！　一体どこから？　そ、それに……これは」

エルザの胸の傷はあっという間に塞《ふさ》がっていく。

今までとは格段に違うシスターモードの治癒力。自分でも驚くぐらいの効果だ。

【もふもふの治癒者】は獣人に対する治癒に特効が得られたはず。彼の傷の治りがいいのは、エルザが獣人であることも大きいに違いない。

それを見て、エルザの中にいる男が笑い声をあげた。

「ほう、これが噂の奇跡の力か？　だが馬鹿め！　この女を治せば俺の意のままに動く人形ができるだけだぞ！」

そう言って、エルザは床に転がっている懐剣を拾おうとする。しかし、伸ばした手は痙攣《けいれん》し、それ以上動かない。

「な！　なんだ、この光は？　か、体が動かん!!」

私はエルザを、いいえ、その中にいる何者かを睨んだ。

……許せない。

「意のままに動く人形ですって？　命をなんだと思っているの？」

私が使ったのは、シスターの高位聖属性魔法。

人の体に巣食う闇を浄化し、呪いを解除する、解呪の神聖魔法ディスペルだ。

ユリウス様が、私の背中に広がっていく光の翼を見つめて叫ぶ。

「ルナさん、その姿は!?」

『E・G・K』のシスターが神聖魔法を使う時のモーションである、光の翼が強烈に輝く。

エルザの胸に浮かぶ黒い蛇《へび》が浄化され消えていく。

「ば、馬鹿な！　黒蛇《こくじゃ》の呪印を消し去っていくだと!?　この力……お、お前は一体！」

よろめき後ろに下がるエルザの胸元には、何もなくなった。

でも、次の瞬間。

黒い輝きを放ち、再びエルザの胸にしっかりと黒蛇《こくじゃ》の呪印が浮かび上がる。

「どうして……」

思わず呟く私に、彼女の中にいる何者かが笑う。

「ふふふ、エディファンの聖女がこれ程の力を持っているとは。邪神ヴァルセズがお前の力に反応しておるわ。今までにないほどに力が漲《みなぎ》っていくのを感じるぞ」

「エルザ！」

ユリウス様が叫ぶ。

「これは……」

私も思わず目を見開いた。彼女の美しい真紅の髪が黒く変わっていく。

そして、長い髪の先がいくつもの黒い蛇《へび》になり鎌首をもたげる。

まるで神話に出てくるメデューサの髪のようだ。

黒髪の美女は私を見つめて、口の端を上げて笑う。

「くく、感謝するぞ。お前のおかげで邪神ヴァルセズは、俺にこれほど強い力をお与えになった。もはや聖女と言えども敵ではない」

勝ち誇ったその顔は、邪悪に歪《ゆが》んでいる。

ディスペルの力を押し返されて、私は一瞬よろめいた。

その時――

「ルナさん！」

ユリウス様が鋭い声で叫ぶ。

顔を上げると、黒い鞭《むち》のように、黒い髪の束がいくつもこちらに襲いかかってくるのが見えた。

そして、それが私の前に飛び出したユリウス様を縛り上げていく。

「くっ……ううう」

美しい顔を歪《ゆが》めて呻《うめ》き声をあげるユリウス様。

それを見たエルザの表情が悲しげに変わる。

「ユリウス!!」

それは本来のエルザ自身の表情に思える。

その一方で、彼女の頬を黒い蛇《へび》が撫でるように這《は》い囁《ささや》いた。

「この俺に逆らった愚《おろ》かな女よ。見せてやろう、まずは、お前の手でユリウスがここで惨《みじ》めに死んでいくのをな」

「いやぁ！　やめて!!」

「ううっ」

ユリウス様の首が、エルザの黒髪の蛇《へび》にさらに絞め上げられていく。

それを見てエルザが私に目線を移し、そして必死に叫んだ。

「聖女ルナ、私を殺して！　お願い、殺して頂戴!!」

魂からの叫びだった。

彼女の目からは、絶えず血の涙が溢れている。

足元に転がるあの懐剣で、再びその胸を突けと言うのだろう。

「できないわ……」

「どうして!!」

邪悪な闇に支配され、きっとそれが悪魔のように私への憎しみを囁《ささや》き続けているその中で、エルザは自分を支配する者に抗《あらが》い、私に命を断てと懇願する。

アレクは彼女のことを姉のように思っていると言った。

私は彼が言っている言葉の意味が分かった気がする。

「貴方が死んだらアレクがきっと悲しむもの」

私の言葉にエルザは涙を流す。

それを嘲笑いながら、私に向かってくる彼女の黒髪——いいえ、漆黒の蛇《へび》。

「馬鹿めが、聖女とユリウスを始末したらどうせお前も死ぬのだ！　ふふ、貴様ら全員惨《みじ》めにな！」

私は、ゆっくりとこちらに向かってくる一際大きな黒蛇《くろへび》を睨む。

私の体を拘束しようとするいくつもの蛇《へび》は、まるで人の心を弄《もてあそ》ぶ悪魔だ。

私は黒蛇《くろへび》に向かってディスペルを唱える。

「何!?」

私の体を縛り上げようとした数匹の黒蛇《くろへび》の体が溶けていく。

それを見て黒い大蛇《だいじゃ》は後ずさった。

彼女を操る人間、それが何者なのかは分からない。

でも……

「負けない！　私は貴方のような人を絶対に許さない！」

私は全身全霊を込めて、再度ディスペルを唱えた。

輝く光とそれに抗《あらが》う強力な魔力。

崩れ落ちそうになる体を必死に奮い立たせる。

お願い、アレク。私に勇気を頂戴。

私の魔法の枷《かせ》を食い破り、今にも襲いかかって来そうな黒い蛇《へび》に恐怖を感じながら、アレクの顔を思い出す。

アレクならきっと逃げたりしない。

こんな卑劣《ひれつ》な相手に負けたくない！　絶対に!!

気がつくと、私は歌を歌っていた。

同時に背中の翼の数が四枚に増えていた。

いつもの半透明のパネルが現れ、新たな文字が表記される。

〈闇と戦う断固たる決意、そして上級職聖女の力によりディスペルの真の力が解放されました。ソング・オブ・ディスペルが発動します〉

私の背中に生えた四枚の翼が光を放つのを感じた。

魂から溢れ出るような歌声が辺りに響いていく。

それが、自分の唇から紡がれたものだと気づくのにしばらくかかった。

ディスペルの詠唱を、まるで歌を歌うかのように私は唱えていたのだ。

胸の前で両手を合わせ、天に祈る。

背中の翼が大きく広がっていく。

強烈な光が、私に襲いかかろうとしていた幾筋の黒い蛇《へび》を消し去っていく。

そして、一際太い胴体をした黒蛇《くろへび》が私を睨むと、口を開けて叫んだ。

「ぐぅう、なんだこの光と歌声は！　邪神ヴァルセズの力を！　そんな馬鹿な、これ程の力を得たこの俺が!!」

エルザの髪を漆黒に染めていた蛇《へび》は、次第に光に包まれていく。

凄《すさ》まじい怒りに満ちた咆哮《ほうこう》が辺りに響いた。

「おのれぇ！　忌々《いまいま》しい女よ、お前だけはここで殺す!!」

漆黒の蛇《へび》は鎌首をもたげ、私の喉笛を目がけて鞭《むち》のように襲いかかってくる。

邪悪で血を思わせるほど赤いその瞳が直ぐそばに迫ってくる。

「うぁっ！」

黒い蛇《へび》の胴体が私の首に絡みつく。

私は呻《うめ》き声をあげた。

「ぐっ、うう」

喉が……歌が歌えない。

恐ろしい蛇《へび》の顔が私の頬に舌を這《は》わせて笑っている。

それは蛇《へび》にも人の顔にも見えた。

おぞましい光景に背筋が凍る。

「どうした、歌も歌えずに絞め殺される気分は」

「ルナさん！」

ユリウス様の声が聞こえる。

でも、首を強く絞めつけられて力が入らず、返事はできなかった。

呼吸することもかなわず、体が痙攣《けいれん》する。

光の翼が消えていくのを感じた。

だ、駄目……

絶望を感じた、その時――

「ルナ様！」

疾風《しっぷう》のごとくこちらに駆けてきた誰かが蛇《へび》の太い胴体を切り裂いた。

見事な剣技、そして精悍《せいかん》な横顔に目を奪われる。

リカルドさん……

大書庫の騒ぎに気がついて、廊下から駆けつけてくれたのだろう。

私は床に転がって、大きく息を吸い込む。

「おのれ、邪魔をしおって！」

邪魔をされた大蛇《だいじゃ》が怒りに任せて、私を守るように前に立つリカルドさんの体に巻きついていく。

「ぐぅう！」

苦しげに呻《うめ》く彼を見て、私は必死に両手を胸の前に当てる。

再び、私の歌に合わせてさらに強く光り輝く四枚の翼。

その光で焼き尽くされ、漆黒の大蛇《だいじゃ》はのたうち回る。

「ぐぅおおお！　おのれぇええい!!」

大蛇《だいじゃ》の呪詛《じゅそ》を孕《はら》んだ雄叫びが、周囲に響きわたる。

邪悪な心を持つ何者かのおぞましい意思が、その黒い蛇《へび》の瞳から感じられた。

邪神に与《くみ》する闇の使徒、そのよこしまな感情を。

「聖女よ、このままでは済まさんぞ！　覚えておれよ!!」

呪いを打ち破る解呪の光の中で、巨大な黒い蛇《へび》は消え去り、エルザの髪の毛に戻っていく。

そして次第にその髪は、漆黒から元の美しい真紅の髪へと変わっていった。

「うう……」

呻《うめ》きながらよろめくエルザの胸から、今度こそ完全に黒蛇《こくじゃ》の呪印が消滅していく。

私はそんな彼女の体を抱き留めた。

「エルザ、しっかりして！」

ユリウス様も、エルザの髪による拘束から解き放たれてその場に膝をつく。

リカルドさんがまだ剣を構えたままで声をあげた。

「ルナ様、ユリウス殿下！　あの化け物は一体!?」

気を失っているエルザを支えながら、私も思わずよろめいてしまう。

強い疲労感を覚えて、真っすぐに立っていられない。

その場に二人で一緒に座り込んだ。

リカルドさんが駆け寄り身をかがめると、その場に崩れ落ちそうになる私を抱き留めた。

「ルナ様、その輝く翼……まるで女神のようなお姿は一体？　それに、先程のエルザ様の姿はどういうことなのです!?」

新たな聖女の力を手にして、解放されたシスターの高位魔法。

その証である白く輝く四枚の翼。

私の背で大きく広がっていたその翼は、次第に閉じられ消えていく。

突然のことに、まだ事態が飲み込めていない様子のリカルドさんに私は願い出た。

「リカルドさん、お願い。アレクとルークさんをここに連れてきて」

「で、ですがこんな状況でルナ様を置いては……」

彼がそう言うのも、もっともだ。

先程の状況を見たら誰だってそう思う。

でも……

私はぐったりとして完全に意識を失っているエルザを見つめる。

もし、彼女が言っていたことが本当だとしたら？

いいえ、嘘だとは思えない。

自ら命を断とうとした彼女に嘘を吐く理由がない。

私はリカルドさんに再度頼む。

「ロジェレンス大公の身が危険なの！　ロシェルリアでよくないことが起きている……アレクや陛下に早く伝えないと」

「エルザ様の父君に？　本当ですか⁉」

「ええ、間違いない」

私はそう言いながら、頬に血の涙のあとを残し、気を失っているエルザの頬を撫でた。

アレクより年上だっていっても、まだ二十歳にもなっていない。

元の世界での年齢も含めたら、私の半分も生きてはいない女の子だ。

こんな子が、自分の命を賭けてまで必死になって父を助けようとした。

私やアレクにしたことに対しては確かに腹も立った。

許せないと思った。

でも……

あのどす黒い意思を持った瞳を思い出す。

人を弄《もてあそ》ぶのを楽しんでいるような邪悪な瞳。

思い出しただけで背筋がゾッとする。

彼女があの瞳の持ち主に操られていたのだとしたら。

「放ってはおけない」

それにロジェレンス大公は陛下の弟君だ。アレクやユリウス様の叔父上様でもある。

そんな方に危険が迫っているとしたら、見過ごすことなんてできない。

「お願いリカルドさん、一刻を争うの」

ユリウス様も、私の言葉を後押ししてくれる。

「リカルド、ルナさんの言っていることは本当です。私からもお願いをします。ロシェルリアで何が起きているのかは分かりませんが、少しでも早く父上やアレクファートにこのことを伝えなくては！」

「リカルドさん、ここはもう大丈夫よ。お願い、私を信じて！」

彼を見つめる私の瞳に、リカルドさんは一瞬言葉を呑み込むと大きく頷いた。

「分かりました、ルナ様、ユリウス殿下。直ぐに戻ります！」

「待って、リカルドさん！　もう一つお願いしたいことがあるわ」

私は肝心なことを一つ思い出して、リカルドさんにそれを伝える。

私の伝言を聞いて、大きく頷く精悍《せいかん》な騎士。

「かしこまりました、ルナ様。それでは！」

そう言って、彼はまるで疾風《しっぷう》のごとく駆け出す。

私はその背中を眺めながら、エルザの涙のあとをそっと指でなぞる。

……エルザ。一体、貴方と貴方のお父様に何があったの？

私は、彼女の父親が無事であることを祈らずにはいられなかった。

それからしばらくエルザのことを見守っていると、その瞼《まぶた》が微かに動く。

「う……うう」

「エルザ！」

ユリウス様がエルザの頬に手を当て声をかける。

その様子は本当の兄妹のようだ。

「ユリ……ウス。よかった、無事だったのね」

そして彼女は私を見つめた。

「聖女ルナ……」

私は何も言わずに彼女を抱きしめた。

エルザも何も言わずに私に身を寄せる。

そして自分の胸を眺めた後、私を見つめた。

「あの傷を……まるで奇跡の御業《みわざ》だった。でも、どうして私を？　貴方にあんな酷いことをしてしまったのに」

操られている時の意識もあったのだろう、先程の前夜祭での出来事を言っているに違いない。

「確かに、あの時の貴方すごく意地悪な顔をしていた」

「……」

そう言う私に、エルザは気まずげに顔を伏せた。

私は彼女の髪を撫でる。

「でも、本当の貴方は違うって分かったの。貴方ともっと話をしたい。その前に死なれてしまったら言いたいことも言えないもの。そうでしょ？」

「聖女ルナ……」

私が微笑むと、しばらくこちらを見つめて、彼女も穏やかな笑みを浮かべた。

まるで憑き物が落ちたかのような笑顔だ。

本来の彼女はこうなのだろう。

「聖女ルナ、貴方には勝てない。邪悪に支配されながら私は見たわ、死を願う私に手を差し伸べる光を。アレクファートはいい人を見つけたのね」

ユリウス様はエルザを見つめると言った。

「祝福してあげましょう。私は兄として、そして貴方はアレクの本当の姉として」

ユリウス様が最後に放った言葉に、私は驚いて思わず声をあげた。

「どういうことなんですか？　アレクの本当のお姉様って……」

ユリウス様は私を見つめると言う。

「エルザはアレクの本当の姉なのです。これはアレクも、いいえ父上でさえご存知ではないこと。私とエルザ、そして叔父上と今は亡きエルザの母君しか知らない話です」

ユリウス様は教えてくれた。

「私が生まれつき病弱な体だったために、父上は次こそ丈夫な世継ぎをと、私の祖父である先代の王に側室をとるように命じられた。そこで選ばれたのが、ロシェルリアの貴族の娘であるエルザの母親です。聡明で美しく伯爵家の令嬢である彼女には、非の打ち所がなかった。ですが、それから直ぐに私の母上が新しい子供を身籠《みごも》ったのです」

エルザは顔を伏せて続ける。

「お母様は、自分の存在が子を宿した王妃様のお体に触れぬようにと、王宮を出てロシェルリアに戻られた。陛下や王妃様はそれを知り、呼び戻そうとされたのですがお母様の意思は強く、それから間もなくお父様と愛し合い妻となった。お父様はきっと前からお母様が好きだったのね、お母様を慰めているうちに自然に愛し合うようになったと聞くわ」

エルザの言葉にユリウス様は頷いた。

「それから母上はアレクを産み、その少し前にエルザも生まれた。その後エルザの母君は亡くなられましたが、エルザは母親に似て聡明で美しく成長し、いずれはエディファンの王太子妃になると誰もが期待していたのです」

「でも、お父様だけはそれに強く反対なさったわ。それだけは許さないと私に強くお命じになられて」

「エルザは悩み、一つの疑問を持った」

まさか……

私の顔を見つめると、ユリウス様は頷いた。

「そうです、もしかすると自分がロジェレンス大公の本当の子ではないのではという疑問です。私はエルザに頼まれて一緒に調べました。アレクもエルザも獅子《しし》族の王血統を持っている。それを様々な試薬で詳細に調べたんです。すると二人の王血統の型は驚くほどよく似ていた。いいえ、同じものだと言ってもいいかもしれない程に。たとえ従姉《いとこ》であっても、ここまで一致することはない。そう、二人が姉弟でもない限り」

「私はお父様を問い詰めたわ。初めは何も仰らなかったお父様も、最後には全部話してくれた。お母様が王宮を出られた時に既に陛下の子を身籠《みごも》っていたと」

「エルザの母君は、元から親交が深かった叔父上にすべてを話したのでしょう。彼女にとっては叔父上が支えだったに違いありません。だからこそ、お二人は結婚を急がれたのだと今になって思えば理解できます」

エルザは俯《うつむ》きながら言う。

「私はお父様を恨んだわ。もうその時は、アレクファートのことを愛してたから。ずっとずっと泣いて、ようやく受け入れた。アレクファートも私を姉のように慕っていてくれたから。姉としてロシェルリアの地からアレクを支えようって」

「エルザ……」

想像もできない。心から愛した人が本当は弟だったなんて。

私だったら、そんなことを知ったらどうなってしまうんだろう。

心が壊れてしまうかもしれない。

ユリウス様は言った。

「ですから、今回の一件には正直私は驚いたんです。エルザがそんなことをするとは思えない。ですが、どうしてもアレクへの想いを断ち切れずに思い詰めたのかとも」

「ごめんなさい、ユリウス。私はお父様を救いたくてある男の提案を受け入れた、それがあの黒蛇《こくじゃ》の呪印。あの呪印が封印したはずのアレクへの想いを無理やりこじ開けて、私は頭がどうにかなりそうだった」

だからあんな目で私を……

必死になって断ち切ったはずの弟への想いにつけこまれるなんて、きっと地獄の苦しみだろう。

それでもアレクが弟であることは必死に隠し通したに違いない。もしそれがこんな相手に明るみに出れば、愛する弟に迷惑がかかると恐れて。

彼女の想いを弄《もてあそ》んだ邪悪な者。それは一体誰なの。

エルザは私の手を握りしめ、揺れる瞳でこちらを見据える。

「聖女ルナ。私が貴方にこんなことをお願いできる立場でないことは分かっています。ですが、どうか……どうか私に力を貸して頂けませんでしょうか？」

「もちろん、私にできることがあるなら言って頂戴！」

ロジェレンス大公は陛下の弟君。

そして、彼女はアレクの本当のお姉さんなんだから。

苦しむ二人を放ってはおけない。

「ありがとうございます、聖女ルナ」

エルザはそう言って涙を流す。

その時、アレクとルークさんが大書庫に駆け込んできた。

リカルドさんの姿が見えないのは、多分私がお願いした『もう一つのこと』をしているからに違いない。

「ルナ！」

駆けつけたアレクは、私を力強く抱きしめる。

「アレク、そんなにしたら苦しいわ」

「怪我はないか？　ルナ」

「ええ」

先程まで気を張っていたけれど、アレクが現れて緊張の糸が途切れたのか、体から力が抜けた。

そんな私の代わりに、ユリウス様がアレクたちに黒蛇《こくじゃ》の呪印のことを説明した。

ルークさんが驚いたように言う。

「黒蛇《こくじゃ》の呪印ですって？　邪神ヴァルセズの使徒たちが使う紋章ですね。彼らと契約を結びそれを刻まれた者は、闇の使徒の走狗《そうく》と化してしまうと聞きましたが」

ユリウス様が彼の言葉に頷く。

「ええ、エルザにかけられたその呪印をルナさんが打ち破ったのです」

「まさか！　黒蛇《こくじゃ》の呪印が解けるのは、かけられた者が死んだ時だけだと聞きます。それを解呪するとは……」

「邪悪な闇に立ち向かい、それを打ち払うルナさんは、誰よりも気高く美しかった。地上に女神が降臨したのかと思いました」

ユリウス様ったら大袈裟《おおげさ》だわ。

でも、シスターの神聖魔法のモーションを見たらそう思うかも。

それに、あの時はディスペルの真の力が解放されて翼の数も増えていたし。

一方で、エルザはアレクを見つめる。

「許して頂戴、アレクファート……私は、彼らの言いなりに。いいえ、言い訳ね。貴方と聖女ルナに酷いことをしてしまった。とても許されないわ」

私はアレクの手を握る。

そして言った。

「彼女はほとんど何も覚えていないの。ただ、ぼんやりと操られていた記憶が残っているだけ。それでも自分の命を投げ捨てて、彼らに逆らおうとした。貴方は彼女のことをお姉さんみたいな人だって言ったけど、それが分かった気がするわ」

「聖女ルナ……貴方は」

こちらを見つめる彼女に、私は少しだけ首を横に振った。

誰にだってこじ開けられたくない記憶はある。

そこを悪魔のような相手につけこまれたなんて、話す必要はない。

人の心を土足で踏みにじる権利なんて誰にもないはずだ。

彼女の頬を涙が伝った。私はアレクを見つめる。

アレクは頷くと、エルザに言った。

「エルザ、無事でよかった」

「ああ、アレクファート……」

しっかりと抱き合う二人。

その姿はまるで姉と弟のよう。

いいえ、本当の姉弟なのだものね。

本当によかった。二人の姿を見ていると心からそう思う。

……でも。優しげな顔に戻ったエルザと凛々《りり》しいアレク。

なんだかとっても絵になる二人だ。

こんな時なのに、少しだけ嫉妬《しっと》してしまう。

ううん、結構今、私ヤキモチ焼いてるかも。

はぁ、私ってばやっぱり嫉妬《しっと》深いのかもしれない。

今までこんなに男の人を好きになったことがないもの。

私は一度大きく息を吐いてから、気持ちを切り替えてエルザに言う。

「エルザ、ここにはアレクもルークさんもいる。一体、ロジェレンス大公や貴方に何があったの？話して頂戴」

私の言葉にエルザは頷いた。

「ええ、聖女ルナ。すべてをお話ししますわ」

## 第三章　ジェーレントの王子

エディファンの王宮で事件が起きる五日ほど前。

ロシェルリアのロジェレンス大公家では一つの問題が起きていた。

「エルザお嬢様、どうなさいますか？　やはりエディファンの国王陛下か王太子にご相談をされた方が」

「いいえ、お父様は大事にしてはならないと。アレクファートはいずれエディファンの王となるべき王太子。それにじきに妃殿下も迎えることになるのですから……」

エルザを幼い頃から知る執事のラルフは、苦虫を噛みつぶしたような顔で呻《うめ》く。

「妃殿下などと！　聖女と呼ばれるその女性がどれ程の方かは存じませぬが、エルザ様を差し置いて王太子妃になるなど、このラルフは許せませぬ！」

「じい、やめて。もう決まったことなのです。私はアレクファートが幸せならそれでいいわ」

「ですが……じいはお嬢様が不憫《ふびん》で。お嬢様以上の女性などおりはしませぬ！　実際にエディファンの一部の貴族からは、今回の婚姻に対して反対する意見書が山ほど来ているではありませぬか！　とんでもない悪女だと言う者もいますぞ」

「およしなさい。アレクがそのような女性に惹かれるはずがない、愚《おろ》かな者たちの中傷に過ぎません。お父様も取り上げるつもりはないわ」

「で、ですがお嬢様！」

そんな老執事の言葉を聞いて、エルザは思わず苦笑した。

(じいやにも困ったものね。アレクファートのことはとうに吹っ切れているのに)

エルザは自分に言い聞かせるようにそう心の中で呟くと、彼に言う。

「それよりも、他の商人にはあたったの？　ファルゼレシアの葉は貴重な薬草だもの」

「今、あたらせてはおりますが、もう在庫も僅《わず》かです。新鮮な物でなくては効果がありませんから」

エルザは美しい顔を曇《くも》らせる。

「どうしましょう。このままだと、お父様の胸の持病が悪化してしまうわ。やはり、エディファンの国王陛下に相談を……」

「そうです！　そうなさいませ。ついでにじいが此度の婚姻の件、一言陛下にご意見を！」

「冗談はやめてじい。そんなことして、じいが罰せられるところなんて見たくないわ」

そんな中、一人の侍女がエルザのもとにやってくる。

「エルザお嬢様！　お喜びください、ファルゼレシアの葉です！」

「あら！　本当だわ、どうやって手に入れたの？」

侍女の手には、貴重な薬草であるファルゼレシアの葉が入れられた、菓子箱ほどのサイズの木箱がある。

「聞いたら驚かれますよ。お嬢様が薬草を探していると聞いて、とても高貴な方が届けてくださったんです」

「高貴な方？　どなたなのエイミー」

エイミーと呼ばれた侍女は悪戯《いたずら》っぽく笑って答える。

「ジェーレントの王太子殿下です。今、使いの方がこれを持っていらして。お嬢様が困っているという話を聞きつけたらしくて、お力になりたいと仰られたそうなんです」

「まあ、ジェーレントのルファリシオ殿下が？　どうして私に」

ラルフとエイミーは顔を見合わせると笑みを浮かべる。

「そんなことは決まっておるではありませぬか！」

「ええ、エルザ様の美しさは海を渡ったジェーレントでも評判だと聞きますもの。殿方なら誰だって手を差し伸べたくなりますわ」

エイミーの言葉にエルザは苦笑する。

(それにしては回りくどい手だわ。他に何か目的があるように思えるけど)

近くにいた医師が、エイミーから手渡された薬草を確認する。

そして頷いた。

「お嬢様、ファルゼレシアの葉で間違いございません。しかも極上の物です。これ程の品質の物を揃《そろ》えるのは、商人の国の王子といえども苦労したでしょう」

「まあ。とにかくお礼を言わなくては。使いの方を応接間にお通しして」

「ふふ、もうお通ししております！　お嬢様」

「エイミー、まったく貴方ときたら」

顔を見合わせて笑うエルザとエイミー。

「とにかくお会いして、お礼を伝えなくてはね」

そう言って、エルザは執事と侍女を連れて応接間に向かう。

そこには一人の貴公子が待っていた。

眼鏡をかけ学者風の落ち着いた風貌をしていて、大人しそうで人の好さそうな男だ。

濃いグレーの髪がよく似合う、整った顔立ちではあるが、嫌味はない。

その男はエルザに深々とお辞儀をすると自己紹介をした。

「噂通りお美しい方ですね。エルザ様、私はバルンゲルに代わり新たにエディファンの大使となる予定のオリアス・リュースカリスと申します。この度はルファリシオ殿下の使いとして参りました」

「ジェーレントから赴任したエディファンの新大使……その話は聞いていますが、何故、大使の貴方が私のところに使いに？」

オリアスは少し困った顔をしてエルザに申し出る。

「実は、ご存知だと思うのですが、愚《おろ》かな前任者がエディファンで問題を起こしまして。先程のファルゼレシアの葉はそのお詫《わ》びでもあるのです。ルファリシオ殿下からは私がエルザ様にお渡しし……その、できるのであれば、エディファンとの関係を修復する手伝いをして頂けないかと。も、もちろん先程の薬草はあくまでもご挨拶代わり。お断りになられたからと言って、返せなどとは申しません」

少し気の弱そうな大使の姿を見て、エルザは思わず笑顔になった。

ジェーレントの王太子から送られた薬草の意味が分かり、かえって安心する。

(前任のバルンゲル大使に比べて人が好さそうな方ね。陛下に申し上げるのは出過ぎた真似でしょうけど、ユリウスやアレクファートに口添えをするぐらいなら)

「そうでしたの。分かりましたわ、私にできることでしたら」

「本当ですか？　助かります、エルザ様！」

慌てた様子で応接間のソファーから立ち上がり、バランスを崩すオリアスを見て、エルザとエイミーは顔を見合わせて笑った。

「はは、面目ない。ここで仕事の話もなんですから、私の船にいらっしゃいませんか？　遊覧しながらお話でもできればと思っています。最新式の客船ですので、快適で眺めも最高ですよ。船上でのランチも用意させますので」

エイミーはそれを聞いて目を輝かせる。

「お嬢様、行きましょうよ！　ジェーレントの客船はとても素敵だって聞きますから」

「もちろん侍女の方もご一緒で構いません。ですが、このご相談はあまり公《おおやけ》にしたくはありませんから、大公様にはご内密にして、お忍びでいらして頂けると助かります」

頭を掻きながら申し訳なさそうに言うオリアスに、エルザの心から警戒心が消えていく。

「分かりましたわ。少しだけなら、気晴らしにもなるでしょうし」

「そうですか！　感謝いたします、エルザ様」

そう言ってエルザの前に跪《ひざまず》き、恭《うやうや》しく礼をするオリアス。

だが、深々と頭を下げた男は邪悪に微笑んでいた。


「見てください、エルザ様！　凄いですよ!!」

そう言って尻尾を左右に振るエイミーの姿を見て、エルザも笑顔になる。

「本当ね！　オリアス大使、お招き感謝します」

「喜んで頂けて光栄です、エルザ様」

港町として栄えるロシェルリアでも、これ程の客船はめずらしい。

帆を一杯に張って、滑るように海面を走っている。

執事のラルフは留守番をしているが、代わりに腕利きの護衛が二人つけられている。

そんな中、オリアスはエルザに打ち明けた。

「海上に出る前にご紹介することも考えたのですが、船が出てからの方が驚きもひとしおかと思いまして」

「驚き？　なんのことでしょうか、大使」

問い返すエルザには答えずに、オリアスは振り向いて深々とお辞儀をした。

豪華な船室から一人の男が甲板に姿を現す。

長身で黒髪の美丈夫である。

「エルザ様をお招きしました。噂通りお美しいお方でございます」

「ああ、噂以上だ」

エルザは訝《いぶか》しげにその男を眺める。

（誰かしら？　大使がこれ程までに敬意を払う相手。もしかして……）

エルザは目を見開いて問いかける。

「まさか、大使！　この方はルファリシオ殿下ですか？」

オリアスは頭を掻きながら、申し訳なさそうにエルザに答える。

「ええ、騙《だま》すような真似をして申し訳ございません。殿下が驚かせたいから黙っていろと」

「こら、オリアス。それをばらしてしまっては、俺が悪者ではないか！」

「す、すみません殿下！」

すまなさそうな顔で小さくなっているオリアスを見て、エルザは思わず笑った。

エイミーもルファリシオを見て、嬉しそうにエルザに囁《ささや》く。

「あれがルファリシオ殿下。とっても素敵な方ですね！」

「エイミー、はしたないわよ。そんなこと言って」

「だってぇ」

幼い頃から大公家に勤めるエイミーにとって、エルザは主人であり、また憧れる姉のような存在だ。

エディファンの王太子妃に選ばれるはずのエルザが、そうはならなかったことで一番憤慨しているのはエイミーかもしれない。

エイミーはエルザとルファリシオの顔を交互に見遣《みや》ると、悪戯《いたずら》っぽく笑った。

「あ、あのエルザ様。私、少しお散歩してきますね！」

「ちょっとエイミー、何を言っているの？」

エイミーは渋る護衛たちを強引に引き連れて、甲板から船尾に向かう。

護衛たちも一国の王子が相手なので安心したのだろう。

オリアスもお辞儀をすると申し出る。

「殿下、私も失礼いたします。ここからはどうかお二人で」

そう言って立ち去るオリアスの姿を見て、エルザはため息を吐いた。

「まったく、あの子ったら。大使も大使ですわ」

「困りましたな、気を使わせてしまったようだ。折角です、少しこの船を案内しましょう」

エルザは戸惑った表情をしながらも頷いた。

相手が相手だ、こうなった以上断るのも無礼にあたるだろう。

話しながら甲板を歩く二人。

エイミーは、護衛たちと共に物陰からこっそり二人の姿を眺める。

「ふふ、美男美女でとってもお似合いだわ」

「確かにそうですな」

「それに、危険はなさそうだ」

「でしょ。さあ、お邪魔虫の私たちはあっちに行ってましょう」

一方でエルザも、色々と興味深い話をするジェーレントの王子と共に楽しい時間を過ごす。

その時、不意に船がぐらついてバランスを崩した。

その体をそっと支えるルファリシオ。

「大丈夫ですか？」

「あ……あの申し訳ありません」

あくまでも紳士的な貴公子に、エルザは次第に心を開いていく。

二人で水平線を見ながらエルザは思う。

(そうね。ルファリシオ殿下はともかく、私も本当に吹っ切らないと。姉としてアレクファートの結婚を祝ってあげたい。お父様もあまり体調がよろしくないようだし、できたら私が婚姻の儀にも出てあげないと)

婚約の際には、弟と結婚する相手の女性を見る勇気がなかったエルザだが、少しだけ前向きな気持ちになっていく。

いつまでも叶わぬ相手に想いを寄せるのは、不幸になるだけだと自分でも分かっている。

その時、もう一度大きく船が揺れた。

「きゃっ！」

小さく悲鳴をあげて身を固くするエルザの体を、ルファリシオがそっと抱き寄せる。

力強く体を引き寄せられてエルザはハッと息を呑んだ。

気がつくと、エルザは強引に唇を奪われていた。

(ああ、駄目……)

突然の口づけに、身を固くするエルザ。

それでも、心のどこかでこれで弟のことが忘れられるならと思う。

固まった体から次第に力が抜けて、ルファリシオにその身を委《ゆだ》ねる。

その時、彼の唇から細長い何かが、生き物のようにするりと自分の中に入り込んでくるのを感じた。

（何、今のは）

驚いて、エルザは急いで身を振りほどく。

ルファリシオは、先程とは全く違う傲慢《ごうまん》な顔でエルザを見下ろしている。

「ふふ、今のはお前が俺を受け入れた証だ」

「い、一体何を……ううっ!!」

エルザは苦しげに呻《うめ》くとその場に膝をついた。

彼女の美しい胸には、黒い蛇《へび》の紋章が一瞬強く浮かび上がって、溶けるように消えていく。

「こ、これは黒蛇《こくじゃ》の呪印！　まさか……」

「ほう、知っているのか。流石《さすが》聡明と名高い大公家の娘だ。上手くすれば、バロフェルドなどよりも余程役に立つ駒《こま》になるだろう。ふふ、エルザよ。これからは俺のために働いてもらうぞ」

◇◇◇

エルザの告白を聞いて皆、凍りついている。

アレクとルークさんが怒りを滲《にじ》ませながら口を開く。

「ジェーレントの王太子が？　おのれ、よくもそんな真似を！」

「しかし、まさかバロフェルドを陰で操っていたのが、ジェーレントの王太子だったとは」

アレクが頷く。

「どうりで奴や、密猟に関わったジェーレントの商人どもの口が重いわけだ」

「ええ、殿下。本当の主《あるじ》であるルファリシオを恐れているのでしょう」

アレクは静かに呟く。

「バロフェルドだけではない。あのイザベルという女の父親であるファリーンのトルーディル伯爵もジェーレントとは関係が深かったと聞く。これは偶然だとは思えん」

「どういうこと、アレク？」

「ルナ、お前がいなければ、あの女がファリーンの王太子の妻になっていたのだろう？」

確かにそうかもしれない。

少なくとも、イザベルたちはそのつもりだったのだろう。

「ええ、もしかしたら」

「そうなれば、トルーディルはいずれファリーンの王妃の父親になるということだ。もしもそのトルーディルを裏で操っていたのが、ルファリシオだとしたら……」

アレクの言葉にユリウス様が頷く。

「なるほど。上手くいけば、エディファンとファリーンを自由に操ることができる。邪神の使徒の考えそうなことです」

「そんな、じゃあ私がファリーンを追放されたのも……」

「ええ、そのために邪魔になるからでしょう」

バロフェルドだけじゃない、イザベルの父親まで操ってるなんて。

私はあの黒い蛇《へび》の目を思い出して、思わず体を震わせた。

エルザも同じなのだろう。目を伏せて青い顔をしている。

「ああ、私はなんと愚《おろ》かなのでしょう。そんな男の言いなりになって」

アレクは私の髪をそっと撫でた後、エルザを見つめると優しく言った。

「姉上のせいではない」

隠してはおけなかったのだろう。

先程の話の中で、姉であることを打ち明けたエルザ。

でも、アレクは特に驚いた様子はない。

「アレクファート、もしや知っていたのですか？」

「王太子になる前夜に父上と母上から聞いたのです。エルザはお前の本当の姉だ、姉として大切にしてやって欲しいと」

「ああ、陛下、王妃様……」

ユリウス様はふぅと息を吐く。

「私たちだけが知っているなどと、思い上がりでしたね」

「……ええ、ユリウス」

陛下と大公、お互いがお互いを思いやって口にしなかったのだろう。

エルザにとって、もう本当の父親は大公なのだから。

彼女は、黒蛇《こくじゃ》の紋章があった右胸を押さえながら唇を噛む。

「私が愚《おろ》かだったのです。商人たちに手を回し、父上の薬草を手に入らないようにしていたのもルファリシオだったの。私が下僕として大人しく仕えれば、父上の命は保証すると脅《おど》されて。ですが、次第に黒い蛇《へび》に身も心も支配されていくのが分かったわ。頭がどうにかなりそうだった」

「エルザ、貴方が悪いのではない。黒蛇《こくじゃ》の呪印を刻まれた者は、術者である邪神ヴァルセズの使徒には逆らえませんから」

ユリウス様の言葉にエルザは目を伏せる。

そして顔を上げると、兄と弟に願い出る。

「ああ、ユリウス、アレクどうか助けて！　お父様は今、ロシェルリアで軟禁状態に。私がルファリシオに操られて、あの男の手先を引き入れてしまったの」

「エルザ、それは本当ですか？」

「なんだと!?」

ユリウス様とアレクの表情が一様に厳しくなった。

ルークさんの目が鋭くなる。

「殿下、一刻も早く大公をお救いしなくては！」

「ああ、ルーク！　無論だ」

ルークさんがエルザに尋ねる。

「エルザ様、ルファリシオは今どこに？」

「あの男はジェーレントに帰りました。その代わり私を通して、配下の者たちに命令を下していたのです」

「まさかルファリシオも、黒蛇《こくじゃ》の呪印が解呪されるとは思っていなかったのでしょうね。使徒とはいえ、同時に二人にこのような術はかけられないでしょう。今が大公をお救いするチャンスです、奴の手下どももルファリシオの命令がなければ、勝手には動けないはずですから」

ユリウス様がルークさんに言う。

「ですが、奴は今頃怒り狂っているはずです。ルナさんはもちろん、自分に逆らったエルザを決して許してはおかぬでしょう。再びロシェルリアにやってきて、大公を手にかけようとするに違いありません」

私はあの黒い蛇《へび》の目を思い出した。

背筋が凍るような邪悪な瞳が脳裏によみがえり、ゾッとして身震いをする。

「ああそんな！　お父様！」

顔を覆って肩を震わせるエルザに、アレクが力強く言う。

「安心せよ姉上、俺がそんな真似はさせん！」

ルークさんが頷く。

「急ぎましょう、殿下！　ロシェルリアはジェーレントからほど近い半島の先。風向き次第では一日と経たぬうちに海を渡り、船が着いてしまうでしょう。なんとしても奴が到着する前に、大公を救い出さなくては。新大使のオリアスも婚姻の儀のために何食わぬ顔でこの王宮を訪れています。奴も捕らえるべきです」

「ああ、分かっている！」

「でも、ここからロシェルリアまでは早馬でも丸一日はかかるわ。もしも、

「ルークが言う通りだとしたら、間に合わないかもしれない」

心配そうにそう口にするエルザに向かって、私は首を横に振った。

「それなら大丈夫よ。きっと間に合うわ！　そうでしょアレク？」

私はアレクを見つめる。

「そうか、ルナ。あの時と同じだな」

「うん。あの時だって間に合ったんだもの」

二人が確信を持って頷き合ったその時、大書庫にリカルドさんが駆け込んでくる。

シルヴァンとジンも一緒だ。

『ルナ！　大丈夫か⁉』

『へへ、オルゼルスたちには伝えたぜ。手を貸してくれるってさ』

リカルドさんは、きちんと二人に伝言を伝えてくれたみたい。

もし、ロシェルリアに向かうことになるなら、一刻を争うことになるかもしれない。

そう思って伝えておいてよかった。

「アレク、オルゼルス王たちが力を貸してくれるって。きっと間に合うわ！」

「ああ、ルナ！」

ユリウス様が力強く頷くアレクに声をかける。

「アレクファート、気をつけてください。呪印を破られ怒りに染まるあの男の眼差し、あれは尋常ではなかった。なんだか嫌な予感がするのです」

「ご安心ください兄上。大公さえ先に救い出してしまえば、奴一人が乗り込んできたところでなんということはありません。それに邪神ヴァルセズの使徒は許されざる異端。今回の一件、ジェーレントの国王に父上から親書を送って頂ければ、ルファリシオとてただでは済まぬでしょう」

「ええ、きっとそうですね。私の取り越し苦労だとよいのですが」

ユリウス様はそう言って、弟であるアレクの顔を見つめていた。

アレクは決意を固めたように頷くと、私に言う。

「どうやら明日の婚姻の儀は延期になりそうだ。ルナ、すまない」

その言葉に私は首を横に振る。

「今はそんなことを言っている場合じゃないわ。一刻を争う事態だもの。それにこんな時、聖王妃リディアなら夫の傍を離れるはずがない。私の力が役に立つかもしれないもの、そうでしょう？アレク」

「ルナ……ああ、頼りにしている」

一角獣たちが一緒に行くのなら、彼らと話すことができる私も同行した方がいいに決まってる。

アレクが私のことを気遣ってくれるのは嬉しい。でも妻同然に信じて頼りにしてくれることはもっと嬉しい。

そう思うと不思議な力が湧いてくる。

ユリウス様も頷いた。

「父上には私から事情を話しておきましょう。親書もすぐに用意させます。増援の騎士団も編成し、書簡を持たせ貴方たちの後を追わせましょう」

アレクとユリウス様は固く手を握り合う。

「兄上、頼みました。ルーク！　リカルド！　一番隊を中心にした精鋭部隊を結成し、すぐにロシェルリアに向かうぞ！」

「はい、殿下！」

「かしこまりました、アレクファート様！」

その時、エルザが先程床に転がった短刀を手に取ると立ち上がる。

私は驚いて声をあげた。

「エルザ!?」

リカルドさんが腰から剣を抜いて私の前に立ちふさがる。

「ルナ様！」

先程、エルザのメデューサのような姿を目の当たりにしたからだろう。

でも……

「待って！　リカルドさん」

エルザの目は、先程までの邪悪で敵意に満ちたものではない。

「アレクファート、聖女ルナ、私も一緒に連れて行ってください。こう見えても獅子《しし》族の王血統を持つ者。決して足手まといにはなりませんから」

そう言って、美しい赤い髪を左手でうなじの部分に束ねると、右手に持った短刀で一気に切り裂く。

まるで炎が散っていくように舞い散る赤い髪。

皆一様に、呆然とそれを見つめていた。

ショートヘアになってもその美しさは変わらず、彼女の目には強い決意が浮かんでいる。

「ロシェルリアに誰よりも詳しいのは私です。それに私だけ安全なところでのうのうと待ってなどいられない！」

「姉上……」

アレクは驚いたようにエルザを見つめている。

私はそんなエルザの前に進み出ると頷いた。

「行きましょうエルザ。貴方の気持ちはよく分かるわ。手を貸してくれる？　一緒にロシェルリアを取り返しましょう！」

「ええ！　ありがとう、ルナさん」

置いていくと言っても決して聞かない眼差しだ。当然だろう、私が同じ状況なら、居ても立ってもいられないだろうから。

私がアレクを見つめると、彼は黙って首を縦に振った。

ルークさんが私たちに言う。

「確かにエルザ様がご一緒くだされば我らも助かります。さあ、そうと決まれば急ぎ準備をしましょう。招待客に知られ無用な騒ぎを起こされる前に、ユニコーンたちに乗り裏門からロシェルリアへ！」

「ええ！」

その言葉に同意して大書庫を出た私は、扉の外から心配そうに中を覗き込んでいた仲間たちに出くわした。

私を心配そうに見つめているピピュオ。

『ママ！　僕も一緒に行く！　お話聞こえたんだ』

『駄目よ、ピピュオ』

いくら体は大きくなっても、まだこの子は子供だ。

それに親ばかだと言われるかもしれないけど、私にはこの子をそんな危険な場所に連れて行くことなどできない。

『だって！』

私たちを不安げに見上げるリンたち。

私はピピュオの純白の羽毛が生えた長い首をぎゅっと抱きしめる。

『お願いピピュオ。今は時間がないの。ママもパパも直ぐに帰ってくるわ。だからここでいい子で待っていて？』

『本当に？　直ぐに帰ってくる？』

大きな目で私を見つめながら心配するピピュオを安心させるように、微笑みを向ける。

『ママが今までピピュオに嘘を吐いたことがある？　お願いだからママの言うことを聞いて。時間がないの』

ピピュオはしょんぼりしながらも、ゆっくりと首を縦に振って私の頬に顔をすり寄せる。

『分かった……僕いい子で待ってる。だからママ、きっと直ぐに帰ってきてね』

『ええ、約束するわ。ピピュオ』

私はリンやスーたちにも簡単に事情を説明する。

そして、ジンにも願い出る。シルヴァンは連れていけるけど、他の皆を連れていくには危険すぎるから。

『みんな私がいない間、ピピュオをお願い』

リンは私の肩の上に駆け上がると、つぶらな瞳で何かを言いかける。

でも、それを我慢したように頷いて笑った。

『任せてルナ！　私たちはピピュオのお姉ちゃんだもん』

その目には、うっすら涙が浮かんでいる。

きっと一緒に行きたいっていう言葉を呑み込んだのだろう。

ジンはピピュオの背中に上がると私に言った。

『仕方ねえな！　留守はこのジン様に任せておけって。……なあ、ルナ、シルヴァン。無事に帰って来いよ』

『ええ、ジン』

『心配するな。ルナには俺もアレクもついてるんだ』

私とシルヴァンは頷いてその場を後にする。

ミーナの手伝いもあって私とエルザは旅姿に着替えると、アレクたちと合流し、オルゼルスたちが待つ裏門へと急ぐ。

「ミーナ、みんなをお願いね」

「はい！　分かっていますルナ様。どうかご無事で！」

「ええ、行ってくるわ」

裏門に出ると、オルゼルスが何頭かの雄たちを引き連れ私たちを迎える。

そして、雄々《おお》しいたてがみを靡《なび》かせて言った。

『事情は先程シルヴァンから聞いた。急ぐのであろう？　ふふ、懐かしいものよ。我が背にそなたを乗せるのはあの時以来よな』

私は一角獣の王に頭を下げる。

本来なら彼らは人を背に乗せたりはしない生き物なのだから。

『ありがとう、オルゼルス王！　恩に着ます』

『我とそなたとの間にそのようなものは不要だ。勇ましい乙女よ、早く乗るがいい！』

私は頷くと、アレクと一緒に聖獣オルゼルスの背に乗った。

ルークさんやリカルドさん、そして赤獅子《あかしし》騎士団の精鋭である一番隊の隊員たちも、次々に一角獣たちに騎乗していく。

エルザもその中の一人だ。短く切った髪が、美しく風に靡《なび》いている。

多くの国々の騎士たちがどれほど望んでも、叶うことがないこの光景。それはまるで絵画のワンシーンのようだ。

アレクは皆に号令する。

「よいか！　これから我らはロシェルリアに向かう。そして叔父上をジェーレントの魔の手から救い出すのだ！」

騎士たちは一斉に高く拳を上げる。

シルヴァンが私に言った。

『ルナ、俺たちに祝福を！』

『ええ、シルヴァン』

私のステータスパネルが開く。

名前：ルナ・ロファリエル
種族：人間
職業：もふもふの聖女
E・G・K：シスターモード（レベル８５）
力：１２５
体力：２８２

魔力：750
知恵：720
器用さ：427
素早さ：551
運：327
物理攻撃スキル：なし
魔法：回復系魔法、聖属性魔法
特技：【祝福】【ホーリーアロー】【自己犠牲《ぎせい》】
ユニークスキル：【E・G・K】【獣言語理解】【もふもふモード】
加護：【神獣に愛された者】
称号：【もふもふの治癒者】

私はシスターの特技である【祝福】を使う。

これは仲間たちの力を一時的ではあるが飛躍的に高めてくれる。元々の能力が高いユニコーンや銀狼のシルヴァンに使えば、その効果は絶大だ。

上級聖女の証である光の翼が私の背中に広がっていく。

私は聖なる言葉を紡いだ。

「神よ、我とわが友の行く先に神の祝福を！」

聖なる光がシルヴァンやオルゼルスたちを包み込んでいく。

そんな彼らの姿を見て、騎士たちは口々に言った。

「この光は！」

「ユニコーンたちに力が漲《みなぎ》っていく。これが聖女ルナ様の力か」

「まるで伝説の聖王妃リディアのようだ」

アレクは私をしっかりと抱きオルゼルスに騎乗すると、そのたてがみを手綱《たづな》のように握る。

月明かりに照らし出される彼の横顔は、まるで絵本の中に描かれていた勇者ライオゼスのよう。

昔、ライオゼスとリディアもこうやって二人で共に戦いに挑んだのだろうか。

「ルナ、行くぞ」

「ええ、アレク！　行きましょう」

ルークさんやエルザとも顔を見合わせ大きく頷く。

私とアレクは聖獣オルゼルスの背に乗って、騎士たちの先頭に立ち、風のごとくロシェルリアの地へと向かった。

◇　◇　◇

ルナたちが、ロシェルリアに向かう決意を固めたその頃。

ジェーレントの王宮、その王太子の部屋ではルファリシオに仕える女たちの悲鳴が響いていた。

彼女たちの中心には、苦しげに顔を押さえる黒髪の王太子の姿が。

彼の額には、九つの頭を持った黒い蛇《へび》の紋章が浮かび上がっている。

「おのれ……あの小娘が！　よくもこの俺の呪印を」

紋章だけではない。

男の顔は黒く変色し、瞳孔《どうこう》はまるで蛇《へび》のように細長く縦に割れている。

邪悪な姿に、傍にいたバルンゲルは腰を抜かして尻もちをつく。

「ひっ！　ひぃいい！　そのお姿、一体どうされたのです、ルファリシオ様⁉」

「くく……何を恐れている。さあ、選べ。ここで死ぬか、それともこれからも俺に従うかをな」

人の形をした蛇《へび》の瞳が、バルンゲルを見下ろしている。

バルンゲルは震えながら首を上下に振った。

「ひっぃい！　どうか、信じてください！　このバルンゲル、ルファリシオ様に忠誠をお誓いいたします！」

気がつくと、夢でも見ていたかのように、目の前のルファリシオはいつも通りの姿に戻っている。

額の黒い蛇《へび》の紋章も消え去っていた。

(ひっ！　い、今のはなんだったのだ。いくら邪神の力を借りているとはいえ、あれでは邪神そのものではないか)

「どうしたバルンゲル、もう心変わりでもしたのか？」

「な、なんでもございませんルファリシオ様！　こ、このバルンゲルめは、これからも命を賭して殿下にお仕えいたします！」

「バルンゲル、その言葉忘れるなよ」

ルファリシオは邪悪な顔で笑うと言った。

「あの聖女と呼ばれる生意気な女は、必ず手に入れて俺に跪《ひざまず》かせて見せよう。裏切者のエルザと共にな。バルンゲル、お前に早速仕事をやる。俺についてこい」

「ひっ！　は、はい。かしこまりました殿下」

まるで蛇《へび》に睨まれた蛙のように、ルファリシオについていくバルンゲル。

黒髪の王太子は、宮殿の廊下を真っすぐに歩いて行き、父親である国王の部屋の前に立つ。

大国ジェーレントの王宮の中でも一段と立派な場所だ。王太子でなければ突然の訪問など決して許されぬだろう。

「扉を開けよ、父上にお会いしたい」

「はっ！　お待ちくださいい殿下」

ルファリシオの突然の訪問に衛兵たちは泡を食いながらも、中にいる国王の許可を取り扉を開けた。

開いた扉を見てルファリシオは笑みを浮かべる。

バルンゲルはその笑みに不気味なものを感じて、背筋を凍らせた。

(こんな時に何故陛下に？　ルファリシオ様は一体何をお考えなのだ)

本来ならば国王に相談などせず、自分でけりをつけるしかない話だ。

穏健派のジェーレント王が、息子の野心を知れば放ってはおかないだろう。

ましてや、邪神の力を借りているなど、ばれたらただでは済まない。

秘密を知った者は、闇に葬《ほうむ》るしかない。

(だが、相手は一国の王太子妃に選ばれるほどの女だ。今頃はあの忌々《いまいま》しい赤毛の小僧にも知られているだろう)

エルザが正気に戻った今、遥か海を越えたジェーレントの地からできることなど限られているが、普通だったら気が気じゃないはず。

バルンゲルにはそう思えた。

しかし、そんなことは意にも介さない様子で、黒髪の王子は笑みを浮かべたままだ。

何事もなかったかのように衛兵たちに命じる。

「お前たちは外で待っておれ、父上と大切な話がある」

王太子の言葉に衛兵たちは一礼すると部屋を出る。

素晴らしい調度品に囲まれた国王の執務室、その中にジェーレント王メファルトス七世はいた。

バルンゲルは恭《うやうや》しく頭を下げながら、ルファリシオの出方を窺《うかが》っている。

衛兵は外に出て、中に残されたのは国王とルファリシオ、そしてバルンゲルの三人だ。

「どうしたルファリシオ、何かワシに用か?」

メファルトスはそう呼びかける。

その言葉にルファリシオは腰に提げた剣を抜いた。

「はい。申し訳ございませんが、父上のお命を頂きたいのです」

邪悪な笑顔でそう言い放ったルファリシオに、その場が凍りつく。

そして、ルファリシオは呆然と立ち尽くす父親の胸を平然と貫いた。

バルンゲルも呆気にとられて、尻もちをつく。

（な、何をしておいでなのだ⁉　いくらルファリシオ様でも、このジェーレントの王宮でこんな真似をされれば終わりだ！）

「がぁあ！　ぐはっ！　何をするルファリシオ⁉」

「ふふ、父上には大義となってもらいたいのですよ。エディファンを滅《ほろ》ぼし、俺があの女を手に入れる大義にね。安心して死ぬがいい、ジェーレントは貴方に代わって、俺が今よりも遥かに強大な国にして差し上げよう」

既に絶命している国王を見下ろしながら、ルファリシオはバルンゲルに血塗られた剣を握らせる。

バルンゲルは邪悪な王太子を見つめながら言う。

「る、ルファリシオ様、これは一体？」

「こうなった以上、こうするしかあるまい？　連中とて馬鹿ではない、いずれ俺の正体を父上に伝えるための使いを寄越すだろう。ならばその前に、父上を始末して俺がこの国の王になるしかない。もう少し時を見てとは思っていたが、そうも言ってはおれんようだ」

顔色一つ変えずそう答えるルファリシオに、バルンゲルは震えながら答える。

「し、しかし殿下が陛下を手にかけたとなれば、周囲の者が黙ってはおりませぬ！　いくらルファリシオ様とは言え、とても国王になど……」

その言葉にルファリシオは口の端を吊り上げた。

「父上を殺したのが俺でなければ問題はあるまい？」

「は!?　な、何を仰っているのですか？　確かにその剣で陛下を」

「バルンゲル、先程お前は命を賭して仕えると言ったな。では早速仕事をしてもらうとしよう」

ルファリシオは、自分の腰に提げていたもう一本の剣をゆっくりと抜き放つ。

バルンゲルは、主《あるじ》の言葉の意味を悟って背を向けて逃げた。

「ひっ、な、何を！」

鮮やかな太刀筋で切り倒されるバルンゲル。

「ひぃいい！　ぐぁあああ!!」

床に倒れた時には既に絶命していた。

一瞬にして二人の人間の命を奪った男は、冷酷な目をすっと細めた。

バルンゲルの大きな悲鳴に、扉を開けて衛兵たちが駆け込んでくる。

部屋の中で息絶える国王とバルンゲルの姿を見て、凍りつく衛兵たち。

「へ、陛下！」

「ルファリシオ殿下、一体これは!?」

ルファリシオは苦悩に満ちた表情を作ると、衛兵たちに言う。

「バルンゲルが父上を……。突然の出来事に俺はどうすることもできなかった。逃げようとする奴を斬り捨てることぐらいしかな」

「ま、まさか。バルンゲル伯爵が陛下を？　な、なぜ……」

「死ぬ間際に奴は正気に戻って言っていた。エディファンの聖女に操られていたとな」

それを聞いて衛兵たちは目を見開く。

「エディファンの聖女!?　例のアレクファート殿下の妻となるという聖女のことですか」

「ああ、そうだ。不思議な力を持つ女と聞くが、よくも父上を……その女は聖女ではなく人をたぶらかす魔女だ！　このままでは済まさん、直ぐに兵を集めよ！　父上の命を奪ったエディファンを、攻め滅《ほろ》ぼしてくれる!!」

沈痛な表情で父親の頬を撫でる王太子の姿を見て、衛兵たちは怒りの表情で拳を握りしめる。

「ルファリシオ殿下！　ご命令のままに!!」

「おのれエディファンの魔女め、卑劣《ひれつ》な真似を！」

自分の命令を伝えに部屋を飛び出す衛兵の後ろ姿を見て、ジェーレントの王太子は邪悪な顔で笑っていた。

「ふふ、待っておれ聖女よ。お前の目の前で愛する男を殺してやる。そしてお前を、俺の女にしてくれるわ」

王の訃報《ふほう》はあっという間にジェーレントの都、ジェレタニアに広がっていく。

日が沈んだにもかかわらず、軍船が港にひしめき、兵士たちは新たな王の号令に従う。

黒髪を靡《なび》かせ、旗艦《きかん》となる一際見事な黒い軍船レーヴァティスに乗り込むルファリシオ。

王が乗るのに相応しく、流線型で槍《やり》の穂先のような見事な船だ。

ルファリシアはその甲板の上に立つと、兵士を見下ろす。そして言った。

「皆の者よ聞け！　我が父は死んだ。エディファンの卑劣《ひれつ》なやり口でな！」

ルファリシオの言葉を聞いて、ジェレタニアの港に怒声が湧き上がる。

「おのれ！　よくも陛下を！」

「獣人どもめ!!」

「恐るべき魔女を味方に引き入れ、陛下を亡き者にしたと言うではないか！」

「これが新しい王太子アレクファートのやり方か!?」

月光の下に並ぶ松明《たいまつ》のかがり火が、兵士たちの憎しみを煽《あお》るように赤く燃え上がっている。

ルファリシオは、これから船に乗り込もうと港に整列している兵士たちに言う。

「俺は獣人どもを許さん！　手始めにロシェルリアを制圧し、一気にエディファンを打ち滅《ほろ》ぼす！

そして、このジェーレントを偉大なる帝国とするのだ！」

兵士たちはその言葉に高揚し声をあげる。

「おおおおお!!」

「ルファリシオ様万歳!!」

「皇帝ルファリシオ様万歳!!」

まるで既に勝利を手にし、ルファリシオが皇帝にでもなったかのような熱気だ。

異様に高揚した兵士たち。その中心にいるのはルファリシオ。

まるでこの男の存在が、人々の怒りや憎しみという負の感情を増幅しているみたいだ。

歓声をあげる兵士たちとは逆に、レーヴァティスに乗船している者たちは、ルファリシオを包む見えない力に恐怖を覚える。

そして、囁《ささや》き合った。

「この感じはなんだ」

「背筋が凍るようなこの寒気は」

「い、一体、殿下を包むあの力は……」

目には見えないが、近くにいる者たちには確かに感じられた。

人ならざる者の気配を。

その整った顔立ちが、かえって旗艦《きかん》に乗る者に恐怖を与える。

「ふふ、感じるぞ、今までにないほどの力を。古《いにしえ》に神獣共に封じられた邪神ヴァルセズの力が、俺の中で目覚めるのをな」

邪悪に笑うルファリシオは、そっと呟いた。

「感謝するぞ、聖女ルナよ。お前への怒りと憎悪が、俺を目覚めさせた。お前にはたっぷりと礼をしてやらねばならんな」

兵士たちが次々と軍艦に乗り込んでいく。

そんな中、黒く巨大な旗艦《きかん》の上でルファリシオは手にした剣を天に突き上げる。

そして、開戦を宣言した。

「行くぞ！　この戦いこそが、偉大なる帝国を築くための聖戦となるのだ!!」

「「「おおおおお!!」」」

大歓声が鳴り響く中、ジェーレントの大船団は港を出航した。

海の上をすべるように進んでいく船団。

その上空を一羽のカモメが飛んでいた。

大船団の様子に興味でも惹かれたのか静かに海上を見つめている。

しばらくするとカモメは一声大きく鳴き、翼を広げてその場から飛び去っていった。

◇　◇　◇

その頃、エディファルリアの王宮の中では、ルナの部屋の外にある大きなテラスで、ピピュオが夜空を眺めていた。

その視線の方角には、数時間ほど前にルナたちが消えたロシェルリアがある。

そんなピピュオの頭の上にジンが駆け上がると言った。

『そんなに心配するなってピピュオ。ルナも言ってただろ？　直ぐに帰ってくるってさ』

『うん……でも』

うなだれて元気のない様子のピピュオを励ますようにリンやスーたちも言う。

『元気出してピピュオ』

『そうだよ、そんな顔してたらスーも元気なくなっちゃう』

『うん、ルーもだよ』

ピピュオにつられて、皆不安げにルナが向かった方角を眺める。

『なんだか僕、もうママに会えない気がするんだ。だからとっても不安な気持ちになって』

ジンはそれを聞いて、目を丸くしながらピピュオに問い返す。

『お、おいピピュオ！　変なこと言うなよ。もう会えなくなるなんてさ』

リンやスーたちは不安げに辺りを駆け回る。

『そうだよ』

『ルナに会えなくなるなんて嫌だよ！』

そんなリンたちを見つめながら、ピピュオは決心した様子で一つ頷き、翼を大きく広げる。

『やっぱり決めた！　僕、ママの後を追いかけるよ。ごめんね、ジンお兄ちゃん！　リンお姉ちゃんたちはここで待ってて』

今にも飛び立ちそうなピピュオの姿を見てジンは唇を噛む。

そして、胸を張ると勇ましい声で言った。

『分かったぜピピュオ！　でもな、お前だけを行かせたら後でルナに何を言われるか分からねえ。行くなら俺たちも一緒だ！　なあ、リン』

地面を駆け回っていたリンは大きく頷く。

『うん！　ジン。私たちだってきっとルナの役に立てるんだから』

『ああ、そうさ！　あの時だってフィオルやみんなで解決したんだからな。俺たちがいなかったらルナは駄目なんだ』

そう言ってジンは部屋の中に戻ると、ルナがスーやルーを入れるために使っている前掛けの袋を持ってくる。

そして、それを手際よくピピュオの首に結びつけた。

『ジンお兄ちゃん……』

『一緒に行こうぜピピュオ。ルナのところにさ！』

その言葉に、さっきまでしょんぼりとしていたピピュオの目に輝きが戻る。

『うん！』

リンやスー、そしてルーも勇んでその袋の中に潜り込んでいく。

メルが慌てた様子でジンに言った。

『ジン、貴方本気なの？』

『ああ、本気さ！　メルは留守番しておくか』

それを聞いてメルは大きく首を横に振る。

『冗談じゃありません！　私はルナさんに命を救われたんですから。大体私たちを置いていくなんてって、実は憤慨してたんです』

そう言って慌てて袋の中に潜り込むメルを見て、皆顔を見合わせて笑った。

ジンがピピュオの頭の上に乗って号令をかける。

『さあ！　そうと決まれば出発だピピュオ！』

『うん！　みんな、行くよ!!』

そう言って大きく翼を羽ばたかせるピピュオ。

ミーナが皆の夕食を持って部屋を訪れた時には、窓は大きく開かれ、そこにはもう動物たちの姿はなかった。

## 第四章　ロシェルリアへの潜入

王宮を出て数時間後、私たちはひたすらロシェルリアに向かって駆け抜けていた。

普通の馬ならばとても走破することができないような崖を駆け上がり、谷を越えて一直線に目的の地に走る。

一角獣たちを包み込む祝福の聖なる光が、淡く輝きを放っている。

私たちに並走するリカルドさんが思わずといった様子で声を漏らす。

「速い……なんという速さだ。このまま迂回《うかい》せず一直線に向かうことができれば、夜が更けきる頃にはロシェルリアに到着することでしょう」

私たちはその言葉に頷いた。

実際リカルドさんの言葉通り、今私たちがいる小高い丘の上からは、もうロシェルリアの町に灯る明かりが遠くに見えていた。

上級聖女になって祝福の力も増しているのだろう。

以前にオルゼルスに使った時よりも、その効力は遥かに高い。

休みなく風のように丘を駆け下りていくユニコーンたち。

私はそんな中ふと、あの男の邪悪な瞳を思い出して身震いをする。

身を固くする私にアレクが声をかけた。

「どうした？　ルナ」

「あの邪悪な眼差し、どこかで見た覚えがあるの」

ぎゅっと拳を固めて言う私に、アレクは問い返す。

「エルザを操っていたルファリシオのことか？」

「ええ、あの時のエルザの眼差しは術者自身のものだと感じられたわ。エルザのものとは全く違うもの」

でも、思い出せない。

確かにどこかで見たような気がするのに。

私たちの左に並走しているルークさんが首を傾げる。

「ですがルナさん、一体どこで？　ジェーレントの王太子であるルファリシオは謎の多い人物です。本来王位を継ぐはずではなかった妾腹《めかけばら》の第三王子でしたが、ここ数年で王妃やその二人の息子が次々と死に王位継承者になった男。それもあってか、まだあまり外交の場にも出てきてはいません。

の男」


黒髪で凄《すさ》まじい剣の使い手だと聞きましたが」

それを聞いて私はハッとする。

「思い出したわ、アレク！　あの時の男よ！　青飛竜《せいひりゅう》の命を奪って私たちの目の前から消えた仮面の男」

ようやくはっきりと思い出した。

あの仮面の下から覗く傲慢《ごうまん》な眼差しと、あの時のエルザの瞳は全く同じものだ。

アレクは驚いたように私に答えた。

「あの時の仮面の男だと？　ルナ、あの男がルファリシオだというのか？　ジェーレントの王子が我がエディファンで飛竜《ひりゅう》狩りなど、ふざけた真似を！」

「間違いないわ。あの瞳は一度見たら忘れられないもの」

だとしたら恐ろしいほどの剣の使い手だ。

私はあの時、身動きすらとることができなかった。

アレクとでさえ互角の剣の腕前。ドラゴンの首を切り落とした、残忍で無慈悲な恐るべき剣士の姿を思い出す。

「急ぎましょう！　アレク」

「ああ、ルナ」

あんな男がまた目の前に現れ、もしアレクに何かあったらと思うと怖くなる。彼がいなくては、私は笑顔で生きていけそうにない。

一刻も早く大公をお救いして、あの男がロシェルリアに姿を見せる前に万全の準備を整えないと。

風のように丘を駆け下り、森を突っ切ったオルゼルスたちは、アレクの指示であえて街道を避け人目のつかないルートでロシェルリアに近づいていく。

それから、私たちはロシェルリアにほど近い大きな岩陰に身を潜めていた。

もう午前零時を回り、月明かりの中、辺りを静寂《せいじゃく》が包んでいる。

『オルゼルス王、一角獣のみんな、ありがとう』

私は彼らに改めて礼を言う。

彼らがいなければ、とてもこんなに早くここには辿り着けなかっただろう。

『礼など要らぬと言ったはずだぞ。ルナ、お前とアレクは我が友だ』

他の一角獣の皆も大きく頷いた。

私やアレクたちはもう一度皆に頭を下げる。

ここにいるのはアレクとルークさんとエルザ、そしてリカルドさんと赤獅子《あかしし》騎士団の一番隊の団員たち。

以前、都の散策をした時に私の護衛をしてくれたメンバーだ。

一番若い子はエルトという名前の騎士。

可愛い顔をしているが、一番隊ではリカルドさんの次に腕が立つそうだ。

もちろんシルヴァンもいる。

皆を見回して、ルークさんが言う。

「陛下とユリウス様が編成される増援部隊がここにやってくるのは、明日の日没以降になるでしょう。その前に、まずは大公をお救いすることが先決ですね。エルザ様、大公家に入り込んでいるルファリシオの手先には、まだ感づかれてはいないでしょうか？」

「それは大丈夫だと思います。ルファリシオがジェーレントに戻ってからは、私がロシェルリアでのあの男の代行者でしたから。すべての命令は、私を通して出されることになっていたわ」

「なるほど。それで、大公家に入り込んでいる奴の手下の人数はどれぐらいですか？」

ルークさんの問いにエルザは的確に答える。

「屋敷の周囲に八人、屋敷の中に六人です。間違いありません」

「それほど多くはありませんが、慎重に対処しなければなりませんね。もしも気づかれれば、大公の命が危ない。気づかれぬように少数精鋭であたりましょう。他の場所に潜んでいる仲間たちには、それから連絡を取ればいい」

「そうだな、ルーク。敵の位置を把握《はあく》し夜陰《やいん》に乗じて一気に制圧するしかない。姉上、配置は正確に分かるか？」

アレクの言葉にエルザは首を横に振った。

「……ごめんなさい、そこまでは自信がないわ」

無理もない、お父様の命がかかっているんだから。

確信が持てないことは口にできないだろう。

「大丈夫よ、アレク。それなら私とシルヴァンに任せて」

私はレンジャーモードの力のことを話す。

シルヴァンの鼻も考えれば、相手の位置を特定するのは簡単だ。

「本当ですかルナさん、それは凄い！」

名参謀のルークさんに褒《ほ》められると、なんだか嬉しい。

私でも役に立つんだってアレクの前で証明しないと。

アレクは真剣な顔で私に尋ねる。

「ルナ、その力はどれぐらいの距離で使えるんだ？」

「えっと、数百メートルぐらいかしら。ここからはちょっと遠くて無理だわ」

「……やむを得ないな。一緒に行くしかないか。ルナ、俺の傍を離れるなよ」

「うん、アレク！」

ふふ、こんな時だけどアレクが私の力を認めてくれてちょっと嬉しい。

「あ～あ、こんなことなら、こういう時にもっと役に立ちそうな職業を沢山やってればよかった」

思わず私はそう呟いた。『E・G・K』で私がやっていたのは補助系の職業ばかりなのよね。

攻撃系の職業は茜の担当だったから。茜がそういう職を気に入っていたこともあるし、私が補助系の職業が好きだったのもあるんだけど。

レンジャーは調合が使いたくてやり込んだ。

あと使えるのは、鑑定士とか踊り子とか……

他にもいくつかあるけど、戦闘で役に立ちそうなのってやっぱりレンジャーぐらいだ。

それでも、アレクたちには到底かなわないし。獣人族、それもアレクたちの動きの速さは凄いもの。

アレクが言う。

「ぐずぐずはしておられん、早く叔父上をお救いせねば」

「アレクファート、どうかお父様を無事に救い出して、お願い！」

「分かっています、姉上」

シルヴァンが私を見上げて言う。

『ルナ、潜入する前にもう一度俺に祝福をかけてくれよ。ルナに祈ってもらうとすごく力が出るんだ』

『そうね、シルヴァン！』

尻尾を大きく振って、私に頭をすり寄せてねだるシルヴァンに、笑みを向ける。

そうだわ、皆にも祝福をかけたほうがいいわよね。

今まで動物にしか使ったことがないけど、獣人族である皆にだって効くはずだ。

私はアレクに提案する。

「あのね、アレク。みんなの力を高める魔法を使っていい？　さっきまでシルヴァンやオルゼルスに使っていたものなんだけど」

「一角獣たちを包み込んだあの光のことか？」

「ええ、多分みんなにも効くと思う」

私は両手を前に合わせて組むと、祝福を使う。

淡く光を帯びるアレクたちの体。そして次第にその光は消え、代わりに皆の表情に驚きの色が浮かぶ。

「これは……力が漲《みなぎ》る」

「ええ殿下！」

リカルドさんは腰の剣を抜くと一閃して頷く。

「これは凄い、流石《さすが》我らがルナ様！」

「ですね、隊長！」

……我らがって。

エルトくんまで例のバッジをつけてるのが気になる。

ちょっと待って。よく考えたら、私自身が戦闘職じゃなくても、こうやって皆を補助したらいいのよね。

ゲームのパーティと一緒だわ。

それなら最適の職業がある。私は『Ｅ・Ｇ・Ｋ』のモードを踊り子に変更する。

戦闘スキルもあるんだけどあまり強くはない。

その代わり、何種類もの踊りによって、味方に色々な補助効果を発揮できる職業なのだ。

「今使うなら『疾風《しっぷう》のダンス』よね。みんなのスピードを上げることができるから」

踊り子の踊りの効果なら魔法と重ねがけもできるし、シスターの補助魔法の祝福とも相性がいい。

でも……皆の前で踊るのよね。

恥ずかしくて、ちょっとためらわれる。でも、そんなことを言っている状況じゃない。

「あのね、アレク。みんなに元気が出るようなダンスを踊ろうと思うの。さっきの魔法とよく似てるんだけど」

「踊り？　ルナ、お前が踊るのか」

「え、ええ」

ルークさんが興味深そうに私を見ている。

「やって頂きましょう殿下。先程の魔法の効果は大きかったですから」

「あ、ああ、そうだな」

戸惑いながらもアレクが了解してくれた。

私は軽く咳ばらいをする。勇気がなくならないうちに、早く済ませてしまった方がいい。

するといつもの半透明のパネルが現れて文字が表示された。

〈アクション系の能力はもふもふモードを使用することで効果が高まります。もふもふモードを使用しますか？〉

え？　それってどういうことだろう。

まさか白猫になって踊るとか？　そんなはずないわよね。

「でも、もし効果が高まるなら使った方がいいか」

私は使うを選んで、踊り始めた。踊り子モードだけあって軽やかなステップだ。

エルトくんが思いっきり私に注目している。

「ルナ様！　か、かわ……いい」

踊り始めたばかりだけど、もう既に恥ずかしい。

神秘的で艶やかな踊り子のダンス。

アレクやルークさん、それにリカルドさんの視線を感じる。

「ちょ、ちょっとみんな。そんなに凝視することないでしょ？」

どうしたのかな？　なんだか皆の様子が変だ。

アレクが目を見開きながら私の頭を見つめている。

そして言った。

「お、おいルナ！　その頭の耳……一体どうなってる!?」

「え？　頭の耳って？」

私も踊りながら自分の異変を感じる。

動きやすいように着替えたショートスカートの中で、何かがもぞもぞと動いているのが分かる。

「わっ！」

思わず私はお尻を押さえた。

「嘘でしょ……これって！」

エルザが口元を押さえている。

「ルナさん、貴方尻尾が！　それにその耳……まるで白猫族だわ！」

彼女の言葉に私は慌てて頭を触った。そこには大きなケモ耳がついているのが分かる。
私は慌ててステータスを確認した。

名前：ルナ・ロファリエル
種族：人間
職業：もふもふの聖女
E・G・K：踊り子モード（レベル82）
もふもふモード：獣人化（初級）
力：135
体力：352
魔力：620
知恵：670
器用さ：527
素早さ：621
運：377
物理攻撃スキル：短剣技
魔法：なし
特技：【踊り】【魅惑のステップ】【剣舞】

ユニークスキル：【Ｅ・Ｇ・Ｋ】【獣言語理解】【もふもふモード】
加護：【神獣に愛された者】
称号：【もふもふの治癒者】

もふもふモードでステータスを確認したのは初めてだけど……

『Ｅ・Ｇ・Ｋ』は踊り子モード、そしてその下にある『もふもふモード』は獣人化と書かれている。

この力は、ただ白猫になれるだけじゃなかったようだ。

今までと違って、踊り子の力を使うために使用したからこんな姿になったのだろう。

「ど、どうしよう！」

ケモ耳や尻尾が生えた自分に動揺する。

「あ、あのねこれには色々と訳があって」

私が慌てて説明をしようとすると、アレクがふぅとため息を吐いて私の頭に手を置いた。

そして皆に言う。

「ここにいる者になら話してもいいだろう。ルナは白猫の姿になれる、これも聖女としての力の一つだ。白猫族の姿にまでなれるとは聞いていなかったがな」

それはそうよ。私だって今知ったんだから。

白猫族って言うのは猫人族の中でも珍しい種族。身体能力が高くて、中には不思議な力が使える人もいたってユリウス様が見せてくれた本には書いてあった。

エルトくんが私を見つめる。

「うわぁ、ルナ様、その姿メチャクチャ可愛いですよ。ねえ、リカルド隊長！」

「尊い……尊い……尊い」

……見なかったことにしよう。まったくこんな時に。

呆れる私を前に、ルークさんがにっこりと笑みを浮かべて言う。

「素敵ですよルナさん。ねえ、殿下」

「あ、ああ……そうだな」

そう言ってアレクは、少し咳ばらいをするとそっと私のケモ耳に囁《ささや》いた。

「その姿も可愛いが、あまり皆に見せるのは妬けるな」

アレクの言葉に私は真っ赤になる。それに、この耳に囁《ささや》かれるといつもよりよく聞こえて、すごく動揺してしまう。

私は慌てて皆に言った。

「続きを踊らなきゃ」

今は大公の救出が大事だ。私は恥ずかしさを忘れて踊りに集中する。

体が軽い。まるで羽が生えたみたい。

自分のものとは思えないぐらいにしなやかに体が動く。

そして、私の踊りのモーションが終わる。

アレクたちの体が祝福とは違う色の光に包まれ、光は次第に消えていく。

光が完璧に消えると、ルークさんがその効果を試すように体を動かす。

「凄いわ……」

いつもより格段に素早く動くルークさんに、私は目を瞠《みは》った。

青狼族《せいろう》の血を色濃く引くルークさんの能力は元から高いこともあるが、鮮やかに剣を振るう姿は残像まで浮かんできそう。

華麗に剣を構える姿と風に靡《なび》く青い髪に、目が引きつけられる。

彼も驚いた様子だ。

「ルナさん！　これは凄い。まるで自分の体ではないようだ。それにルナさんの踊り子姿、とても可愛らしかったですよ」

紳士的なルークさんは、私を褒《ほ》めることを忘れない。でも踊り子姿のことはノーコメントでお願いします。

ルークさんみたいな素敵な貴公子に微笑みながら言われると、恥ずかしくてどう反応したらいいか分からなくなる。

人前で踊るなんて、趣味がゲームだった前世の私には考えられなかった。

それに……

私は周囲をぐるりと見回した。

辺りがよく見える。これって私が獣人化してるからなのかな？

夜目が利いているみたい。私はレンジャーモードに切り替えてみる。

そして、自分の尻尾を触った。大丈夫、自分で解除しなければこの姿でいられるようだわ。獣人化しておけば身体能力も高くなるし、アレクたちの足手まといにはならないだろう。

シルヴァンが私の尻尾をしげしげと眺めている。

『へへ、お転婆ルナにはピッタリの姿かもな』

『もう、シルヴァンたら!』

でも、確かに今はこの格好の方がいい。

私はアレクに言った。

「アレク、行きましょう。ロシェルリアの町に! ロジェレンス大公を助けなきゃ」

「ああルナ。潜入作戦の開始だ」

「ええ!」

潜入班は合計十一名。

私とアレク、そしてルークさんとエルザ。この町や屋敷のことは、誰よりも彼女が詳しいのだから必須のメンバーだ。

もちろんシルヴァンも私と一緒。そして、一番隊からは六人、二人ずつの三チーム。私たちのチームと合わせると合計四チームね。

ルークさんが言う。

「エルザ様の話では、外の見張りは八名。二名づつ四班に分かれて周囲を警戒しているようです」

ルークさんは、あの後さらにエルザから詳しい状況を聞いたようだ。

「ええ、ルーク。見張りは動いているから正確な位置までは分からないけど、それは間違いないわ」

エルザの言葉にルークさんは頷く。

「正確な位置はルナさんとシルヴァンに把握《はあく》してもらうとして、こちらも四チームに分かれて見張りを倒し、大公邸の周囲を押さえます。可能ならなるべく生け捕りにしてください。連中から中の状況を聞けるかもしれません」

「任せてください！　ルナ様の可憐な姿を見て、俺たち勇気百倍ですよ！」

「ああ、だよな！」

「はぁ、メチャクチャ可愛かったよなぁ。ルナ様の踊り子姿」

「少し恥ずかしそうでさ」

「そこがいい！」

「我ら、白猫ルナ様ファンクラブにお任せあれ！」

……大丈夫かしら。色んな意味で不安を感じる。

そんな怪しげな集団としてじゃなくて、赤獅子《あかしし》騎士団の団員として頑張って欲しい。

レンジャーモードに切り替えて、私のステータスは今こんな感じ。

名前：ルナ・ロファリエル
種族：人間
職業：もふもふの聖女

E・G・K：レンジャーモード（レベル75）
もふもふモード：獣人化（初級）
力：375
体力：572
魔力：320
知恵：570
器用さ：727
素早さ：771
運：272
物理攻撃スキル：弓技、ナイフ技
魔法：なし
特技：【探索】【索敵】【罠解除】【生薬調合】
ユニークスキル：【E・G・K】【獣言語理解】【もふもふモード】
加護：【神獣に愛された者】
称号：【もふもふの治癒者】

上級聖女にクラスチェンジしたことでステータスが上がっていることにくわえて、もふもふモードで白猫族化しているからだろう。体が嘘のように軽い。

それに、祝福や踊りの効果は自分にもかけておいたから、これならきっと少しは役に立てるはずだ。

「屋敷の見張りとは別に、町の正門と南北の通用門には連中の見張りがいるそうです」

ルークさんの言葉にエルザが頷くと答える。

「ええ、一番人目につかない場所から壁を越えて中に入りましょう」

「壁を乗り越えてって、あの壁を？」

エディファルリアほどではないけど、立派な城壁に囲まれた町だ。

彼女は少し恥ずかしそうに言う。

「これでも昔はアレクやルークと一緒に、あの壁を越えて遊びに抜け出したものです。お父様が、危ないからお前は町の外に出るなと厳しくて」

「ふふ、思い出しますね。まだ十四、五歳ぐらいの時の話ですが、秘密の縄梯子をかけて抜け出したことがありましたね」

「へえ、エルザもやるわね」

こう見えて、彼女も中々のお転婆みたい。なんだか自分と同じ匂いを感じて、妙に親近感を覚える。

それから私たちは一角獣の皆にしばしのお別れを言って、城壁に近づく。

「まるで映画に出てくるスパイか怪盗にでもなったみたい」

そんな場合じゃないって分かってるけどドキドキする。もちろん今まで、こんな体験したことない。

アレクが鮮やかに、壁の上にフック付きの縄を投げて引っ掛けると、それをするすると上って上から縄梯子を下ろす。

「はぁ、アレクって昔はいたずらっ子だったのね。慣れてるもの」

「ふふ、殿下にそんなことが言えるのはルナさんぐらいですよ」

ルークさんが笑いをこらえている。私たちも縄梯子を使って軽やかに城壁の上へ上がる。

アレクが上から手を差し伸べてくれたので、ぎゅっとその手を握った。少年だったアレクが昔、同じようなことをしていたと思うと可愛い。

先に上がっていたリカルドさんたちが、こちらを見て囁《ささや》いている。

「見たか？」

「ああ、見た」

「尻尾をフリフリして上ってくる白猫ルナ様の姿」

「はぁ、可愛いなぁ」

「耳もピコピコしてたぞ」

「ふふ、まさに我らが女神」

……この人たち本当に大丈夫なのかしら。

緊張感ゼロなんだけど。私は思わず尻尾を押さえる。

何しろこっちは尻尾が生えている姿に慣れてない。自然に動いているのかも。

シルヴァンは軽やかに地面と壁を蹴って私の傍にやってくる。流石《さすが》の身体能力の高さだ。壁の上で身をかがめながら、私たちはロシェルリアの町を見下ろす。

小高い場所に立派な屋敷が見えた。

「あれが大公のお屋敷ね」

「ああ、そうだ。まずはお前の力が使える場所まで移動するとしよう」

「ええ、分かったわ。行きましょう」

私はアレクの言葉に大きく頷くと、縄梯子を使って壁の内側へと潜入し、ロシェルリアの町の中に足を踏み入れる。そして、大公家に近づいた。

「あれね……」

大きなお屋敷まで数百メートルというところで私は索敵を使う。エルザが言っていたように、屋敷の周囲には人の反応があった。

屋敷の中にはもちろんだけど、屋敷の外に四ヶ所、合計八人いるみたいだ。

「エルザの言っていた通りね」

私はアレクに囁《ささや》く。

「アレク、敵の見張りの位置を把握《はあく》したわ」

「そうか！　助かる、敵の状況を教えてくれ」

アレクに褒《ほ》められて、私は思わず尻尾を左右に振ってしまった。これじゃあ、まるで大好きな飼い主に褒《ほ》められた犬みたいだ。

慌てて自分の尻尾を押さえる。

「かわ……いい」

私のファンクラブの会員たちから小さな声があがる。

もう！　この人たちのせいで気が抜けない。私は少し頬を染めながら、エルザに言う。

「ねえ、エルザ。屋敷の簡単な見取り図を描いてもらっていい？」

「ええ、分かったわ」

物陰に隠れて、エルザは小石を使って地面にお屋敷の見取り図を描く。

描き終わるのを待って、私はそこに見張りの配置を描き入れていく。

「正面に二人、右と左の側面にそれぞれ二人ずつ。後は屋敷の裏に二人ね。動きはこんな感じよ」

私は見張りたちの動きの範囲や、その頻度を皆に説明していく。

エルトくんが感心したように言う。

「へえ、ルナ様凄いや。すぐにでも騎士団に入れますね、この力だけでも即戦力ですよ」

「ほんとに？　エルトくん」

「それに、ルナ様がいるだけで騎士団の士気が上がりますから。僕なんて普段の倍は張り切っちゃいますよ」

「そ、そうかな？」

年下の男の子に褒《ほ》められて少し調子に乗ってしまう。それを見てアレクが軽く咳ばらいをする。

「あまり褒《ほ》めるなエルト。ルナのことだ、そんなことを言ったら本当に騎士団の仕事をやりたがるからな。こいつのお転婆ぶりを知らぬわけでもあるまい」

「ふふ、ですね殿下」

ルークさんも苦笑しながらそう言った。

何よ二人とも、そりゃ自分でも少し落ち着きがないかなって思うこともあるけどさ。

「正面と右は、我ら第一班とリカルドの第二班が。左と屋敷の背後はエルトの第三班とセルゲイ率いる第四班が、いいですね？」

ルークさんの言葉に皆、真剣な表情で頷く。

私はシルヴァンにお願いした。

『シルヴァンは、エルトくんやセルゲイさんと一緒に行ってあげて。見張りを倒したらまた落ち合いましょう』

『ああ、ルナ。任せとけって。でも気をつけろよ、アレクがいるから大丈夫だとは思うけどさ』

『うん、ありがとう。貴方も気をつけてね』

私はエルトくんに言う。

「エルトくん、シルヴァンを連れて行って。シルヴァンなら、敵が動いていても匂いでその位置を正確に把握《はあく》できるわ」

「ルナ様、ありがとうございます！　感激だな、ルナ様の銀狼をつけてもらえるなんて。よろしくシルヴァン」

『へへ、よろしくなエルト』

エルトくんには言葉は伝わらないけど、シルヴァンなら彼らを上手く誘導してくれるはず。

アレクは私に一本の短剣を手渡す。

「ルナ、念のためだ。護身用として持っておけ」

「ええ」

その重みを肌で感じ、気が引きしまる。私たちは大公のお屋敷に静かに忍び寄っていく。

そして、ある程度の距離になった時にルークさんが静かな声で言った。

「ここから左右に分かれましょう。作戦開始です」

頷く騎士たち。否が応でも緊張感が高まっていく。

素早く左右に分かれて、私も獣人姿で軽やかにアレクの後をついて走った。

そしてリカルドさんたち第二班も姿を消し、私たちは屋敷の正面に近づく。

物陰に潜む。アレクもルークさんもまだ動かない。

しばらくして、二人は顔を見合わせると頷いた。

「頃合いですね。今頃は他の班が敵を倒してこちらに向かっていることでしょう」

「そうだな。俺たちも始めるぞ」

「ええ、殿下」

護衛が歩き一瞬こちらが死角になった瞬間、凄《すさ》まじい速さで二人は物陰から飛び出した。まるで青と赤の稲妻だ。

鮮やかなステップで敵の背後に回り込み、当身を与えてその場に昏倒《こんとう》させる。

「二人とも凄いわ……」

「ええ、あの二人は幼い頃から息ピッタリなの」

エルザは、そう言いながらも屋敷の中が心配そう。あの中にお父様が囚われているのだから、当然だろう。

「エルザ、アレクたちなら大丈夫よ。きっと大公を救い出してくれるわ」

「そうね、ルナさん。きっとそうよね」

両手を胸の前に合わせて祈る彼女に、私は力強く頷く。

その時——

「きゃぁあああ！　やめてぇえええ!!」

静寂《せいじゃく》を切り裂くように、女性の悲鳴が屋敷の中から聞こえてきた。

どういうこと？　誰かが見張りに見つかってしまったのだろうか。

エルザはその声を聞いて青ざめる。

「エイミー！　あの声はエイミーだわ……ああ」

エイミーって、確かエルザの話に出てきた彼女の侍女よね。

絶望に染まる彼女の顔。私は急いでアレクたちのもとへと駆け寄った。

「アレク、ルークさん！」

二人とも唇を噛み締めると剣を構える。

「殿下！　さっきの悲鳴は……」

「分からん、だがこうなった以上行くしかない！　屋敷に踏み込むぞルーク!!」

◇　◇　◇

アレクたちがロジェレンス大公の屋敷に踏み込む少し前、屋敷の中、大公の寝室ではちょっとした揉め事が起こっていた。

ベッドに横たわり、胸を押さえて呻《うめ》く大公。

「ぐっ……うう」

「ご主人様!!」

涙を浮かべて大公の手を握るのは、まだ十五歳の侍女、エイミーだ。

すっかり青ざめた顔の主人を見て、大きな猫耳をぺたんと垂れさせている。

(どうしよう、このままだとご主人様が死んじゃう！　エルザ様、私どうしたらいいの？)

エイミーは、ルファリシオとの出会いからすっかりと変わってしまったエルザのことを思い出す。

冷たい目で自分を見下ろすあの姿は、まるで別人のようだ。使用人や屋敷の護衛も次々に追い出して、見かけない顔の人間を次々と屋敷に入れた。

大公の世話をするために残されたのは、エイミーと執事のラルフ、そして主治医の三人だけだ。

老執事のラルフと主治医のジェームズも、苦しげな大公に声をかける。

「ご主人様、どうか薬をお飲みください！」

「そうです、大公閣下。このままではお体が」

エイミーも大公の手を握りしめて願う。

「ご主人様、お願いです……エイミーはご主人様のことをお父様みたいに」

そう言って涙を流すエイミー。孤児だったエイミーを引き取って育ててくれたのは大公だ。

大公はそんなエイミーの頭を撫でる。

「そんな顔をするでない、エイミー。わ、ワシがこれ以上生きていてはエルザが……エルザは何者かに脅《おど》されているに違いない。そうでなければ、エルザがこのような真似をするわけがないのだ。

ワシさえ死ねば……」

「ご主人様……」

急に人が変わってしまったエルザを思い出しているのか、大公は悲しげな表情になる。

自分が死ねば娘が楽になると思ったのだろう、主治医が調合した薬を、ここ数日気づかれぬように飲んだふりをして捨てていたのだ。

大公の血の気の引いた顔は、まるで死人のようである。

そんな中、三人の男が部屋に入ってきた。

どの男も鍛え上げられているのが一目で分かる。エルザが新しい使用人の名目で雇った者たちだが、どう見てもただの使用人ではない。

油断のない動き、そして冷酷な瞳。エイミーは怯《おび》えて大公の手を強く握りしめた。

リーダー格の男が怒鳴る。

「どうなっている？　薬草は渡しているはずだ、この役立たずめが！」

そして、一際冷酷で残忍そうな男が、大公の主治医を平手打ちする。

「ぐはっ!!」

床に転がる主治医の姿を見て、大公は胸を押さえながら怒りの声をあげる。

「や、やめよ！　ジェームズに落ち度はない」

そんな大公を男は睨み、悪態をつく。

「ちっ、一体何を企んでやがる？」

その冷酷な目に、エイミーは怯《おび》えながら大公に身を寄せる。

男はそれを見て残忍な笑みを浮かべると、エイミーの髪を乱暴に掴んだ。

「うぁ！　いやぁ!!」

痛みに思わず声をあげるエイミー。大公はその姿を見て叫ぶ。

「や、やめよ！　その子には罪がない！　ワシが薬を断っていたのだ」

大公の言葉を聞いて、男は腰から剣を抜くとエイミーの首筋に突きつける。

「くだらんことをしやがって、さっさと薬を飲め！　この女を殺すぞ！」

「きゃぁあああ！　やめてぇえええ！」

大公は心労で胸を押さえた。

「うぐぅううう！」

さらに青ざめ苦しげな姿に、エイミーの焦りは募っていく。

「助けて！　誰か、私たちを助けて！」

誰も助けに来るはずもないと知りながら、絶望的な状況でエイミーは泣きながら助けを求め叫んだ。

その時――

階下が騒がしくなったかと思うと、寝室の扉が勢いよく開かれた。同時に赤い髪と青い髪の貴公子が、部屋の入口から飛び込んでくる。

広い大公の寝室、入口に姿を現した二人の男は凄《すさ》まじい速さでこちらに向かってきた。

（まさか、あれは！）

大公とエルザのもとに訪れた彼らの姿を見たことがある。

美しい二人の貴公子。

「アレクファート殿下！　ルーク様！」

エイミーは思わず叫んだ。

「何⁉」

「アレクファートだと⁉」

残りの男たちも剣を抜く。だがその剣は、アレクファートとルークの剣に弾き飛ばされ、男たちは切り伏せられた。

なんというスピードか。

だが、エイミーを羽交い絞めにしている男が剣を振り上げて叫ぶ。

「く、来るな！　この女を殺すぞ‼」

男がエイミーに剣を振るおうとした、その瞬間――

どこからともなく美しい一人の女性が飛び出して、華麗にその右手を振るう。

鮮やかで軽やかなその身のこなしに、目が奪われる。

「ぐはぁああ‼」

彼女の手から放たれた短剣が、エイミーを拘束している男の腕を貫いた。

男が剣を地面に落とすと、すかさずアレクファートが男の首筋に剣を突きつける。

まさに電光石火。

男の手を離れ床にうずくまるエイミーの体を、駆け寄って来た先程の女性がそっと抱きしめる。

「大丈夫だった？　貴方がエイミーね」

「あ、貴方は？」

エイミーは悪夢から自分を救ってくれた女性を見つめる。

（素敵な人……）

女性なのに、あれ程の剣の腕前と身のこなし。きっと名のある女騎士なのだろうと思って、エイミーは彼女に見惚れてしまう。

白猫族の姿をした彼女は微笑んでエイミーに答えた。

「私はルナ、貴方たちを助けに来たわ。もう大丈夫よ、エイミー」

「ルナ……様」

その名を聞いてエイミーは不思議に思う。

(確か、アレクファート殿下とご婚約された聖女様の名前もルナ様だったはず……でも)

王太子となったアレクファートと婚約した女性は、ファリーンの公女で人間だと聞いている。

だが、自分を優しく抱きしめて微笑んでいるのは、白猫族の血を色濃く受け継いでいるように見える獣人の女性だ。

アレクファートやルークと行動を共にしているのを見ると、恐らく赤獅子《あかしし》騎士団の女騎士だろう。

(偶然よね。こんな素敵な騎士様が、エルザ様からアレクファート殿下を奪った人と同じはずがないもの)

エルザのことを思うと、エイミーはどうしてもアレクファートの婚約者である聖女に好意的になれない。

でも、同じ猫人族の血を引いている彼女の腕に抱かれていると安心する。

自分を救ってくれたこともあるだろう。気高く凛々《りり》しいその姿に、エイミーは思わず頬を染めた。

「どうしたの？　私の顔に何かついている？」

「え？　な、なんでもないです……白猫のお姉様」

ルナという名前に抵抗があって、ついそう呼んでしまう。

自分を助けてくれた女騎士はそれを聞いて笑った。

「ふふ、大丈夫そうね」

その時——

アレクファートたちを追いかけるように、部屋の扉から艶やかな赤い髪の女性が駆け込んでくる。

「お父様！　エイミー！」

「エルザお嬢様！」

自分に駆け寄るエイミーを躊躇《ちゅうちょ》なく抱きしめるエルザは、エイミーが知っている元のエルザだ。

その瞳を見ればエイミーには分かる。

「お嬢様！　お嬢様、お嬢様……」

そう言って、エイミーはただ泣きじゃくる。

「ああ、よかったエイミー。貴方が無事で。あの悲鳴を聞いた時は、恐ろしさに足元が崩れていく気がしました」

「エルザ……お前なのだな？」

エイミーをしっかり抱きしめる彼女を、ベッドに横たわる大公が見つめている。

エルザはエイミーと共にベッドに歩み寄ると、大公に身を寄せて涙を流す。

「お父様、愚《おろ》かな娘をお許しください。すべては私の浅はかさから招いたもの」

そして、アレクファートやルナを見つめて深々と頭を下げる。

「アレクファート、ルナさん、それにルーク……本当にありがとう。この御恩は一生忘れません」

執事のラルフもエルザの傍に歩み寄る。

「お嬢様、正気に戻られたのですな。ラルフは……ラルフは」

「じい、ごめんなさい。心配をかけてしまって」

その時、階下から人の声が聞こえてくる。

そして直ぐにリカルドやエルトたちが、シルヴァンと共に寝室に飛び込んできた。

『ルナ！』

『シルヴァン!!』

しっかりと抱き合うルナとシルヴァン。

リカルドはアレクファートに報告した。

「殿下、ご安心を。この屋敷は完全に制圧しました！　ルファリシオの手先は皆縛り上げています」

その報告にアレクファートとルークは頷いた。

「そうか、リカルド、よくやってくれた。少し予定が狂ったが上手くいったな」

「ええ、殿下」

寝室にいるルファリシオ配下の者たちも、二階に上がって来た騎士団の団員たちが縛り上げ階下に連れて行く。

エルトは、リーダー格の男の腕に、アレクファートがルナに手渡した短剣が突き刺さっているのを見て驚いた表情になる。

「もしかして、これルナ様がやったんですか？」

「ええ、エイミーを助けたくて夢中で」

「凄いな！　こんなに正確に相手の腕を。腕利きのナイフ使いでなければ、こうはいきませんよ」

アレクファートは、ふぅとため息を吐きながらルナの頭を撫でた。

「確かにいい腕だ。まったく、お前ときたら、まさか俺たちと一緒に屋敷に飛び込んでくるとは。無鉄砲にも程があるぞ」

「いいじゃありませんか殿下。ルナさんがいなければ、エイミーが人質にとられていたかもしれない」

そうフォローするルークの横で、ルナは少し頬を膨らませて頷く。

「そうよ、私だって頑張ったんだから」

そう言いながらも、ルナは自分の体を思わず見つめる。

（エイミーの悲鳴を聞いて夢中だったけど……まるで、今までの自分じゃないみたい）

『E・G・K』のレンジャーとしての力が、この体になることで覚醒《かくせい》したかのようだ。

上級聖女になったことで、パラメーターの上昇や踊りや祝福の効果も大きいだろう。

エルザたちと再会の喜びを分かち合っていた大公は、アレクファートを見つめる。

「アレクファート、よくぞ来てくれた。心から感謝する」

「叔父上をお助けするのは当然のことです。無事でよかった」

アレクファートは、大公に事の顛末《てんまつ》を話し始める。

ルファリシオが邪神ヴァルセズの使徒であることも。

「なんと！　恐ろしいことだ、邪神ヴァルセズの使徒は許されざる異端者。まさかジェーレントの王太子がそのようなおぞましい男だとは」

エルザは神妙な面持ちで頷く。

「あの男にかけられた黒蛇《こくじゃ》の呪印を、ルナさんが解呪してくれなければ今頃私は……」

「おお、噂の聖女ルナが！　一角獣を蘇《よみがえ》らせるほどの奇跡の力を持つとは聞いたが、それ程のお力も持っておられるとは。なんと素晴らしいお方よ、お会いしたらぜひお礼をせねばならぬ！」

それを聞いてアレクファートは咳ばらいをすると苦笑した。

「……叔父上。ルナはもう先程から叔父上の目の前におります」

「何を言っているのだアレクファート？　一体どこに……」

ロジェレンス大公は辺りを見回した後、アレクファートの隣で自分を見つめながら困ったように耳をピコピコさせている女性を眺める。

「ま、まさか、先程エイミーをお救いくださったそのお方か⁉　だが、聖女ルナは人間だと聞いている。そのお方は獣人ではないか！」

大公の視線にルナは眉尻を下げ、微笑みを浮かべていた。

◇　◇　◇

やっぱり兄弟ね。大公は陛下に似た渋い感じのハンサムな男性で、年齢は四十代前半だろう。

私は慌てて大公に申し出る。

「あ、あの、これには事情があるんです」

大公がそう仰るのも当然よね。私は今、どう見ても獣人族なのだから。

どう説明したらいいのか。

それにしても……

ロジェレンス大公の顔色が、どうしたのだろう酷く青ざめている。持病がおありだとは聞いていたけど、顔色が悪すぎる。

案の定、私が答える前に苦しげに咳き込んで胸を押さえた。

「ごほっ……ぐぅう！」

「お父様!!」

「旦那様！」

「ご主人様！　しっかりしてください！」

エルザやエイミーたちも、その様子に息を呑む。主治医らしき人が急いで大公に駆け寄った。

「大公閣下！　直ぐに薬を用意いたします」

「う、うむ……ジェームズすまぬ」

エイミーが俯《うつむ》いたままポロリと涙を零す。

「ご主人様は、このところお薬を断っておられたんです。私も気がつかなくて……エルザ様、ごめんなさい」

大公は真っ青な顔で首を横に振る。

「エイミーを責めてくれるな。ワシが悪いのだ」

主治医のジェームズさんが、薬草や赤い木の根、そしてクルミのような木の実を箱から取り出す。

「ファルゼレシアの葉と赤ジェルシアカの根、そしてクリカリンナの実ですね」

私が尋ねるとジェームズさんは驚いた様子で答える。

「ご存知ですか？　どれも珍しいものですから、獣人族の医師でなくては知らない方が多いのですが」

「私は動物の医者なんです。ファルゼレシアの葉は初めて見ますけど、他の薬材は一部の動物の治療にも使いますから」

「そうでしたか、どうりで。どれも、飲む前に調合せねば薬効が薄まる特別な薬材ですから」

ジェームズさんは、それぞれの薬材をすりつぶすため、すり鉢《ばち》を用意した。

その時――

大公が大きく咳き込んで胸を押さえて呻《うめ》いた。

「お父様！　しっかりして!!」

「ご主人様！」

主治医のジェームズさんがベッドに駆け寄る。そして、悲痛な顔をした。

「いかん、発作を起こしておられる！　これから薬材を調合していては間に合わぬ!!」

「そんな！」

「いやぁ！　ご主人様ぁ!!」

真っ青になるエルザとエイミー。

アレクとルークさんも顔色を変えて大公に駆け寄った。

「叔父上！」

「大公様！」

大公は死人同然に青ざめた顔で体を震わせながら、消え入りそうな声で言う。

「すまぬ、エルザ……この町を頼む。アレクファート、兄上には不甲斐ない弟で申し訳ないと伝えてくれ」

「お父様！」

「叔父上、決してそのような。父上は感謝しておりました、娘をよくぞ立派に育ててくれたと」

アレクの言葉にロジェレンス大公は微笑みを浮かべる。

「そうか、兄上は知っておられたのか。アレクファート、お前の姉を……エルザを頼む」

「叔父上……」

アレクは大公の手をしっかりと握る。私は唇を噛み締めた。

まだ試したことはないけれど、やってみるしかないわ！

決意を固めて、私は大公の主治医に声をかける。

「ジェームズさん、薬材の配合量を教えて！」

「聖女様、一体何を？」

「お願い早く！　時間がないわ、私の調合の力を使います」

「聖女様の？」

ジェームズさんは戸惑いの表情を浮かべた。

獣人たちの病気に使う薬草の種類、その分量やそれぞれの薬材の配合量は、患者の年齢や体重によって違ってくる。

それだけじゃない。ユリウス様が仰っていたように、王血統を代表とする受け継いだ血統に関わる病だってある。

いずれにしても、到底私ではどうにもならない。でも、大公の主治医をされるほどの人の力を借りられるのなら……

戸惑いながらも薬材の分量を調える彼に私は言った。

「私は魔法で薬を調合する力があるの、でも知識が足りない。だからジェームズさん、貴方の力を貸して」

「聖女様……」

彼の顔から戸惑いが消えていく。その代わりに大公を救おうという固い決意が浮かび上がる。

「分かりました、聖女様！　貴方を信じます」

「ありがとう、ジェームズさん！」

彼は手早く、薬材を秤《はかり》にかけ適量を割り出していくと机の上に並べていく。頷くジェームズさんの顔を見て私はその上に手をかざした。

レンジャーモードの私のステータス。

名前：ルナ・ロファリエル

種族：人間
職業：もふもふの聖女
Ｅ・Ｇ・Ｋ：レンジャーモード（レベル７５）
もふもふモード：獣人化（初級）
力：３７５
体力：５７２
魔力：３２０
知恵：５７０
器用さ：７２７
素早さ：７７１
運：２７２
物理攻撃スキル：弓技、ナイフ技
魔法：なし
特技：【探索】【索敵】【罠解除】【生薬調合】
ユニークスキル：【Ｅ・Ｇ・Ｋ】【獣言語理解】【もふもふモード】
加護：【神獣に愛された者】
称号：【もふもふの治癒者】

その特技の【生薬調合】の力を発動させようとすると、いつもの半透明のボードに文字が浮かぶ。

〈【生薬調合】を選択しました。上級聖女の力でスキルに秘められた真の力が目覚めます。構いませんか？〉

真の力？

いつもの獣薬調合の時とは違うわ。

でも迷っている場合じゃない。私は記された文字に同意する。

「ええ、構わないわ。やって頂戴！」

〈分かりました。特技【生薬調合】が変化、【ポーション作成】が発動します〉

ポーションって、どういうこと？

戸惑っていると、私の右手が輝き始めた。

〈さらに【もふもふの治癒者】の称号の力が発動。生薬を調合し、獣と獣人に対しての特効ポーションを作成します〉

手の甲に不思議な魔法陣が浮かび上がり、それが薬材の載っている机の上に転写される。

黄金に輝く魔法陣が放つ光が薬材を包み込んだ瞬間——

「きゃっ」

「ルナ！」

その輝きに、思わずよろめく私の体をアレクが支える。

次第に黄金の光は消えていく。三種類の薬材も消え、机の上には青い瓶が残っている。

その美しい小瓶の中には淡く光る液体が入っていた。

私の右手の甲に描かれた魔法陣が作り出した青い小瓶に、私自身、一瞬呆然としてしまう。

でも……

「ぐっ！　うう……」

苦しそうに呻《うめ》く大公の声を聞いて、慌ててその小瓶を手に取ってベッドへと急ぐ。

胸を押さえて咳き込む大公の背中をさすりながら、私は小瓶の蓋を開けた。そして薬を大公の口に運ぶ。

「お願い、効いて！」

私は大公の手を握って祈った。

でも、その祈りとは裏腹に、ロジェレンス大公の顔色は益々青ざめていく。

細く苦しげな呼吸、鼓動が弱まっていくのが分かる。

主治医のジェームズさんが脈をはかって首を横に振る。

「駄目です……効いていない。やはり遅かったか」

「そんな！」

ベッドの上で瀕死の状態になっていく大公。

ジェームズさんは、沈痛な表情で静かに大公の手をベッドの上に戻すと私に言った。

「申し訳ありません、もう脈がない。お亡くなりになりました」

それを聞いてエルザとエイミーが悲痛な声をあげる。

「いやぁああ！　お父様!!」

「そんな、ご主人様ぁ！」

真っ白な顔で、もう息をしていない大公がベッドの上に横たわっている。

アレクとルークさんは悲痛な面持ちで顔を背ける。

「叔父上……」

「ロジェレンス大公、申し訳ありません。我らが駆けつけるのがもう少し早ければ」

二人は、そう言って唇を噛み締める。

「そんな……」

私は大公の胸に手を当てると心臓マッサージをした。人間の医師ではないけれど、元の世界で教わったことがある。

その時――

手のひらから微かに鼓動を感じた。

「ロジェレンス大公！」

私は必死に呼びかけると、彼の瞼《まぶた》が僅《わず》かに震える。

まるで先程飲んだポーションが、ゆっくりと体に染み渡っていくかのように、淡い光が大公の体に広がっていく。

すると、大公は咳き込み大きく息を吸い込んだ。同時にその頬に赤みがさしていく。

ジェームズさんが驚いた様子で呟く。

「あり得ない、確かに先程は一度……奇跡だ！」

「お父様！　お父様ぁあああ!!」

エルザは叫び、しっかりと大公の手を握って涙を流す。

エイミーも、そんなエルザに体を寄せて泣いている。

「ご主人様……ご主人様！」

大公はうっすらと目を開くと体を起こして、彼女たちをしっかりと抱きしめた。

エルザだけじゃない、エイミーも本当の父親にするように大公に身を寄せている。

それを見て、私は思わずもらい泣きをしてしまった。

気がつくと、私の傍にアレクが立っている。

「アレク……」

彼はそっと頷くと、私の肩を優しく抱いて一緒に大公たちの姿を見守った。

大公は、彼の体に縋りついて涙を流す娘と侍女の頭を優しく撫でながら、私に微笑んだ。

「聖女ルナ、貴方は素晴らしいお人だ。アレクはいい人を見つけたな」

「そ、そんな。私はただ必死で……」

エイミーが涙をぬぐいながら言う。

「ええ、ご主人様。聖女様の奇跡の力……素晴らしい力です。ご主人様を救ってくださいました！」

ロジェレンス大公は、微笑むと首を横に振る。

「奇跡の力、確かにそれは素晴らしいものかもしれぬ。だがそれだけではない。ワシは感じたのだ。

貴方の必死さが、諦めない気持ちがその手のひらから伝わってくるのを。それこそがアレクが貴方を選んだ何よりの理由なのだろう。そう思えてな」

「ロジェレンス大公……」

「叔父上」

私とアレクは顔を見合わせた。

そして、すっかり顔色がよくなった大公の姿に改めて安堵《あんど》する。

「ジェームズ、そなたにも感謝する。ワシのせいで余計な苦労をかけてしまったな」

主治医のジェームズさんは、恭《うやうや》しく大公に一礼すると跪《ひざまず》いた。

「大公閣下、ありがたいお言葉です」

大公としっかり抱き合っていたエルザとエイミーが、立ち上がると私たちに歩み寄る。

そして、二人とも私に頭を下げた。

「ルナさん、本当にありがとう！　この御恩は一生忘れないわ」

「あ、あの白猫のお姉様……い、いえルナ様、私も忘れません！　本当にありがとうございます」

執事のラルフさんは私の手を握って言う。

「私は誤解しておりました。まさか、エルザ様とアレクファート様がご姉弟だとは。そうとも知らずに、貴方様をお嬢様からアレクファート様を奪った悪い女性だとばかり……」

「じいったら！」

エルザが今までの経緯を簡単にラルフさんとエイミーに伝えたのだろう。

そう言いながらも、私を見つめて顔を赤らめるエルザ。

王宮でのことを思い出したのかもしれない。そして、美しい顔に決意を込めて、大公にきっぱりとした口調で言う。

「お父様、私はお二人の結婚を心から祝福することに決めました。姉として、アレクファートにとってこれ以上の方はいないと信じています」

「エルザ……そうか、よく言った」

大公は嬉しげに微笑むとエルザの手を握る。

そして、私たちを眩《まぶ》しそうに見つめた。

「若いというのはよいものだな。そうしていると、まるで伝説にある勇者ライオゼスと聖王妃リディアのようだ。我らのために延期になってしまった婚儀だ、日を改めた際は、ぜひ私も出席をしたいものだな」

「ええ、お父様。その時は、一緒に参りましょう」

エルザは大公の言葉に頷く。もうそうなったら嬉しい。アレクの叔父様とお姉様なのだから。

私にとっても初めてのことだし、大好きな人との結婚だもの。皆が祝福してくれる中で式ができたらとても幸せだわ。

そんな中、ルークさんがアレクに申し出る。

「殿下、まだ町の中には奴らの手下が潜んでいます。今のうちに連中を捕らえてしまわなければなりません」

その言葉にアレクは頷いた。

「ああ、そうだな。連中もまだここが制圧されたことは知るまい。逃がすわけにはいかん」

二人の言葉に私は願い出る。

「アレク！　一緒に行くわ、私だってきっと役に立てる」

祝福や踊りの力だってあった方がいいに決まっている。

それに、アレクの傍にいて彼を助けたい。

ライオゼスのために神獣の試練に挑んだ聖王妃リディア。彼女は、いつもライオゼスの傍で彼を助けたという。

アレクは私の頭を撫でると言った。

「ルナ、一緒に来い。お前から目を離すと気が気ではないからな」

「ふふ、確かに。それは言えてるかもしれませんね」

ルークさんを私は睨む。

「何よ、ルークさんまで！」

「ふふ、冗談ですよ。ルナさんの力は貴重だ、騎士団としてもいてくださると心強い。それにいらっしゃるだけで団員たちの士気も上がりますから」

その言葉にアレクは頷くと大公に言う。

「叔父上、ここには護衛をつけますのでご安心を。私はもうひと仕事してまいります！」

「待て、アレクファート。その前に、お前に渡したいものがある」

渡したいもの？

大公の言葉に私とアレクは首を傾げる。

「渡したいものとは？　一体なんのことですか、叔父上」

## 第五章　神獣の腕輪

「うむ。実は兄上からお預かりしている物があるのだ」

大公は頷いてベッドから起き上がる。

エルザやエイミーが心配して声をあげた。

「お父様！　どうかまだ寝ていらして」

「ご主人様！」

「二人とも心配をするな。嘘のように気分もよくなった。聖女ルナが作ってくれた秘薬のおかげだろう」

よかった。あのポーションがよく効いたみたいだ。

私の新しい力、まだ獣人に対しては自分一人の力では使えないけど、ジェームズさんみたいな優秀な医師の助けがあれば効果はあるわよね。

大公は寝室の大きな書棚に歩み寄ると、壁にある小さな窪《くぼ》みに右手を近づける。

すると、彼が右手に嵌《は》めた指輪が淡く光り、ゆっくりと書棚が横にスライドした。

そこには壁の中に作られた金庫があり、大公はそれを開けると美しい白銀の腕輪を取り出した。

「叔父上、これは？」

「アレクファート、お前も聞いたことがあるだろう。聖王妃リディアが使っておられたと言われている腕輪。神獣フェニックスの試練に打ち勝ち、その時に神獣より授けられたと言われるエディファン王家の秘宝だ」

「まさか……」

アレクはそれを見て驚いている。とても見事な腕輪だ。

白銀の腕輪で、真紅の宝玉がはめ込まれている。

今にも燃え上がりそうなそれは、命の煌《きら》めきを象徴しているかのよう。

「聖王妃リディアの腕輪……とっても綺麗」

思わず見惚れてしまう。

アレクは大公に問いかける。

「叔父上、どうしてこれが？　この腕輪はエディファン王家の秘宝、王宮の宝物庫に厳重にしまわれているはず」

「一年ほど前に、兄上に頼まれてワシが預かったのだ。宰相バロフェルドが力を増すにつれ、奴に奪われる危険を感じたのだろう。今、王宮にあるものは腕のいい職人に作らせてはあるが、よく似た模造品に過ぎぬ」

大公はアレクに腕輪を渡すと言う。

「奴が死に、お前が王太子になった今、もうワシが預かる理由はない。相手は邪神の使徒だと言うではないか。どのようなことがあるやもしれぬ。気休めと笑うかもしれぬが、その腕輪がお前たちを守護してくれるかもしれない」

「……叔父上。分かりました、ありがたくお預かりします。エディファルリアに戻りましたら、私の手から父上にお返ししましょう」

アレクの言葉に大公は頷いた。

「頼むぞ、アレクファート。それまでは身に着けてくれても構わぬ、よく似合うであろう」

「私がですか」

大公にそう言われて、アレクは少し困った顔をする。

当然よね、どう見ても女性用の腕輪だ。

大公は笑いながら言う。

「お前ではない、聖女ルナにだ。聖王妃リディアもその腕輪を嵌《は》め、いつもライオゼスの傍で彼を助けたと言う。先程の息の合ったそなたたちの姿を見たら、ついそんな伝承を思い出してな」

大公の言葉に驚いて私は思わず声をあげてしまう。

「私が？　いけません、そんな大切な物！」

とっても綺麗だけど、それとこれとは別だ。王家の秘宝を身に着けるなんて、恐れ多い。

アレクも渋い顔をして頷いた。

「叔父上、聖王妃は聖王妃、ルナはルナです。ただでさえ落ち着きがなくて扱いかねているのに、ルナにそのようなことを仰られては困ります」

そう言って、腕輪を懐《ふところ》にしまってしまう。

扱いかねてるってどういう意味？

別に腕輪を着けてみたいわけじゃないけど、そんな言い方しなくてもいいじゃない。

私は恨めしげにアレクを見る。それに……本当は少し着けてみたかったし。

私が調子に乗らないか心配してくれてるんだろうけど。

大体、本当は私の方がずっと大人なんだからね。

私がキッと睨みつけると、ルークさんがクスクスと笑った。

アレクに睨み返されたので、私は素知らぬ顔でそっぽを向く。

大公は残念そうに私を見つめた。

「そうか、残念だな。よくお似合いになるだろうに」

「叔父上、それはまたの機会に。では後ほどまたお会いしましょう」

「頼んだぞアレクファート。それからこれを正門にいる衛兵隊長に渡してくれ。エディファンの王太子であるお前に、この町の全権を委《ゆだ》ねるという書簡だ」

大公はそう言って、紙にペンを走らせるとそれを封筒に入れてアレクに渡した。

それを受け取って力強く頷くアレク。

「かしこまりました、確かに頂戴いたします。ルナ、ルーク行くぞ！」

「ええ、アレク！」

「はい、殿下、ルナさん。参りましょう！」

私とルークさんは彼の言葉に大きく頷くと、大公家に護衛を残して、城壁の外で待つ騎士団に合流するために、再び夜の町へと身を翻《ひるがえ》した。

それからはすべてが順調だった。

私たちは、正門や通用門の様子を監視していたルファリシオの手下を全員捕らえた。

そこまでは隠密行動が必要だったけれど、その後はアレクが正門にいる衛兵隊長に大公からお預かりした書簡を渡して万事解決。

今は赤獅子《あかしし》騎士団とこの町の衛兵隊が協力して、町と大公邸の警備を固めている。

屋敷の周囲をしっかりと固めた後、私たちは衛兵隊長と一緒に大公邸の中に入った。

「ロジェレンス大公、申し訳ございません！　まさか、このようなことになっているとは」

大公の前に膝をついて頭を下げる衛兵隊長。

いかにも騎士と言った雰囲気の男性だ。よく日に焼けているのは港町の兵士だからかしら。

エルザはそんな彼に言う。

「ブライアン、頭を上げて頂戴。何も問題はないと報告したのは私です。貴方は悪くないわ」

「し、しかし、エルザ様！」

大公もブライアン隊長に立つように言う。

「お前が詫《わ》びる必要はない。それよりも、アレクファートと協力し、ジェーレントの船に警戒せよ。

かの国の王太子であるルファリシオは邪神の使徒、何を仕掛けてくるか分からぬ」

「はっ！　その一件はアレクファート殿下よりお伺いしました。しかし、真なのですか？　ジェーレントの王太子が邪神ヴァルセズの使徒であるなど」

ルークさんもそれを聞きながら頷く。

「ええ、紛れもない事実です。もしもルファリシオが現れたら捕らえましょう。その上で今回の一件は、陛下からジェーレント王に書簡を送って頂くのが一番かと。バロフェルドの一件も、黒幕はルファリシオですから」

「ああ、ルーク。ジェーレントの王太子であろうが奴を逃すつもりはない！」

アレクの力強い言葉に私は安心した。

「もう大丈夫よね。もうすぐすべて解決するんだわ」

気が緩んだら体の力が抜け、その場に思わずへたり込む。そんな私に、苦笑したアレクが手を差し伸べる。

ルークさんがアレクに言う。

「殿下、ここは私にお任せください。少し、ルナさんと上階の客間でお休みくださいませ。我らも交代で休みますので」

「すまないな。そうさせてもらう。ルナ、行くぞ」

「う、うん」

ルークさんに気を使わせちゃった。でも正直もうクタクタ。

エイミーが私たちに言う。

「殿下、ルナ様、お風呂を沸かしておきました。お着替えもありますから」

「そうか、すまぬな」

「ありがとう！　エイミー」

私たちは汗を流した後、服を着替えた。

エイミーが、私に用意してくれたのは白いドレス。

「お客様用に用意していたドレスなんですけど、これが一番ルナ様にお似合いになると思って」

「ふふ、嬉しいわ。ありがとう」

私がそう言ってそのドレスに着替えると、エイミーは嬉しそうに手を叩いた。

「とてもよくお似合いです！　さあ、殿下がお待ちですから」

「あ、ちょっと、エイミーったら」

私の手を引いて、最上階の客間に案内するエイミー。

そこには王族の衣装を着たアレクがいた。やっぱり正装すると一段と素敵だ。

背が高くて端整な顔立ち、そして風に靡《なび》く真紅の髪。

立派な客間のテラスから吹き込む潮風が、湯上りの肌に心地よい。

「それではアレクファート殿下、ルナ様、私はこれで失礼します」

エイミーは、私たちに一礼すると部屋をそそくさと後にする。

ふふ、エイミーったら気を使ってくれたのかな。

でも……夫婦用の客間なのかしら、ベッドが一つしかないのが気になる。

か、考え過ぎよね？　少し休むだけなんだし。

中身はいい大人なのについドギマギしてしまう。恋愛経験値の低さがこんな時には恨めしい。

アレクはドレス姿の私を見つめると、テラスに出て私に言った。

「こっちに来てみろ、ルナ」

「どうしたの？　アレク」

なんだろう？　私はアレクに誘われるがままに月光に照らされたテラスへ足を運ぶ。

そして、そこから見えたものに一瞬で目を奪われた。

「うわぁ！　アレク、凄いわこれ！」

テラスから見える幻想的な光景に、私は思わずその場に立ち尽くしていた。

大公邸のテラスから見えたのは、夜の海。私たちが今いる三階の客間のテラスからだと、それが一望できる。

月光の下で、水面は幻想的に光を帯びてゆらめいていた。まるで海の上に広がったオーロラみたいだ。

青い光を帯びたかと思えば、次第にそれが紫や赤に変わっていく。

「七色ウミホタルね、私初めて見たわ！」

「ああ、獣人でなくては見られない光景だからな」

「ええ、そうだったわね」

七色に光るウミホタル。その淡い光は人間には捉えることができない。

白猫族の姿になっていることの思わぬ特典だ。

私はすっかり夢中になって、色彩や模様を変えていく海のオーロラを眺めていた。

潮風が爽やかに私たちのテラスに吹き込んで、アレクの長く美しい髪が靡《なび》いていく。

色々あったけど、この町に来てよかった。すべてが終わった今、心からそう思える。

アレクは私に言った。

「子供の頃、姉上とよくここからこの光景を眺めたものだ。綺麗だから一緒に見たいとせがまれてな」

せっかくこんなにロマンチックな光景を二人で見ているのに、エルザのことを話すアレクに、少し面白くないと思ってしまう。

むっと小さく口をとがらせる私に、アレクが首を傾げる。

「どうした？」

「別に……アレクってエルザには優しいものね」

自分でも、こんなことで不機嫌になるなんて子供っぽいなと思うけど、あんなに綺麗な人だもの。

お姉さんだって分かってもヤキモチぐらい焼くわ。

そう言って私がソッポを向いた、その時——

アレクが私の体をそっと抱きしめる。

「ん……」

気づくと、目の前に彼の整った顔が迫っていた。

私はそっと目を閉じた。少し強引なキスだ。

唇を離すと、彼は私を見つめながら言った。

「ルナ、そんな顔をするな。姉上は姉上だ。それ以上の存在だと思ったことはない」

「ほんとに？」

アレクは頷くと、私の右手に優しく触れる。

そして、懐《ふところ》から取り出した何かをそっと私の腕に嵌《は》めた。

「これって……」

私の右手に嵌《は》められているのは、聖王妃リディアの腕輪。月光に照らされて白銀の腕輪が美しく輝いている。

そして、真紅に輝く赤い宝石も。

「二人でいる時にお前につけて欲しかった。ルナ、綺麗だ。とてもよく似合っている」

「アレク……」

「お前は不思議な女だ。皆を夢中にさせる何かを持っている。そのうち、お前が誰かに奪われてしまいそうで怖い」

アレクがそんな風に思っていたなんて。

いつも自信満々で、私以外の女性だって皆彼に夢中なのに。

不安なのは私の方。そっと私に口づけするアレク。

私は彼の腕に包まれながら囁《ささや》いた。

「どこにも行かないわアレク。ライオゼスの傍にずっと聖王妃リディアがいたように」

そう言って私は笑う。

「それに、私の方がずっと嫉妬《しっと》深いんだから」

美しい月の光。そして、幻想的な海のオーロラ。

「ルナ、お前を愛してる。今もこれからもずっと」

美しい赤毛の王太子の腕の中で、私はそっと頷いた。

「私もよ、アレク」

その時、右手の腕輪が淡く光ったような気がした。

それは美しい夜の光が見せた幻だったのだろうか。

◇◇◇

「う……ん……」

窓から差し込む光が眩《まぶ》しい。目を閉じていても、瞼《まぶた》から透ける光で今が朝であることは分かる。

私は眩《まぶ》しくて、寝返りを打とうとした。

「あれ？」

いつもなら、なんの抵抗もなくできることが今日はできない。

違和感を覚えて私は少しだけ瞼《まぶた》を開けた。

その瞬間、体が固まる。

流れるような美しい赤毛が、目に飛び込んでくる。

そして、その持ち主の端整な顔立ちも。

彼の腕が優しく、でもしっかりと私の体を抱きしめているのだ。

水平線に顔を出し始めた朝日が、テラスから差し込み、私たちを照らしている。

「そうだわ、私……」

思い出すと顔が真っ赤になってくる。

昨日の夜、二人で幻想的な海の光景を見て、その後……

「アレク……」

彼に身を寄せると、何故だか昨日よりもずっと安心する。

ほんの少しだけ何かが変わっただけなのに。

静かな寝息を立てているアレク。いつも忙しそうだから、きっと疲れているのだろう。

私を腕に抱いて眠っているアレクの顔を、私はじっと眺める。

本当に綺麗な顔。婚約者の私でも見惚れてしまうくらい。

出会った時は、すごく感じ悪いって思ったのに……まさかこんな関係になるなんて思いもしなかった。

彼は私でよかったのだろうか。アレクならいくらでも女性を選べたはずだ。少しだけ不安になる。

テラスから差し込む朝日が眩《まぶ》しいのだろう、アレクの瞼《まぶた》が微かに動く。

そしてゆっくりと目を開けると、腕の中にいる私の姿を見て微笑んだ。

私はドギマギしながら朝の挨拶をした。

「あ、あの……おはよう、アレク」

「ああ、ルナ」

アレクはそっと私に口づけをする。

唇が触れ合うと、私はとても強い幸せを感じた。

彼が私をより深く愛してくれていると感じたから。

ふと、アレクの子供が生まれたら、どんな子なのだろうと想像した。アレクにそっくりの男の子なんてきっと可愛いだろう。

ピピュオと一緒に溺愛してしまいそう。

「どうした？　ルナ」

「なんでもないわ。結婚したらアレクに似た元気な男の子が欲しいなって思っただけ」

アレクはそっと私を抱いて答える。

「お前にそっくりなお転婆な女の子も悪くない」

「お転婆は余計でしょ？」

「はは、そうだな」

「もう……」

彼の指が私の右腕の腕輪に触れている。

その時、昨夜のようにまた腕輪が光を帯びた気がした。

朝日が反射しただけなのか、今見ると別になんの変化もない。

気のせいかな。

「ねえアレク。私たちだけこんなにゆっくりして、よかったのかしら？」

「心配はいらん、ルークたちも今頃は休みを取っているだろう」

そうね、ルファリシオの船が来るとしても早くて今日の昼だと聞いている。

それにもう大公に手を出すことなんてできないんだし、港に来たらアレクたちが捕まえる。

この町の衛兵隊だって、もう事情は知っているのだから。

「お前は何も心配をするな」

「ええ、ありがとう」

そう言って、私の髪を撫でるアレク。時々、彼の指が私の猫耳に優しく触れる。

それがとても心地よい。思わず大きく尻尾を振ってしまう。

それを見てアレクが笑う。

「お前は本当に分かりやすいな、ルナ」

「もう、馬鹿にして」

「ふふ、白猫姿の時もこうやって撫でてやると尻尾を振っていたからな」

……黒歴史過ぎる。あんな風に甘えるんじゃなかった。

私は急いで【もふもふモード】を解除する。昨日はあんなことがあったからつい忘れていたけれど、これ以上からかわれるのは恥ずかしい。

追い打ちをかけるようにお腹が小さく鳴り、それを聞いたアレクが噴き出した。

私は真っ赤になって彼を睨む。

まったく、我ながらロマンチックな雰囲気が台なし。前世のガサツさがどうしても隠し切れない。

「そう言えば腹が減ったな。だが、エイミーもまだ寝ているだろう」

そうよね、まだ朝早いもの。

「ねえ、アレク。このお屋敷の台所は分かる？」

「ああ、この屋敷には幼い頃から何度も訪れているからな。だが、どうするつもりだ？」

「どうするってお料理を作るのよ。アレクだってお腹空いてるんでしょ？」

アレクにご飯を作ってあげるなんて初めて。材料があればいいんだけど。

「作るって。お前がか？」

「他に誰がいるの？」

……何よ、そのなんとも言えない顔は。絶対、私に料理なんかできないって思ってるでしょ？

私は少しツンとした顔で彼に言う。

「これでも料理ぐらいできるんだから！　行きましょアレク、証明してあげる」

「お、おい。ルナちょっと待て！」

私は少し頬を膨らませた後、笑顔で彼の手を引いて部屋を後にした。

アレクに案内されてやってきたのは大公邸の厨房。

「ルナ様、それに殿下も！　おはようございます！」

「あら、エイミー起きてたのね？　おはよう！」

先にいたのは、侍女のエイミーだ。こんなに朝早くなのに、もう起きているなんて。

「はい。しばらくの間、料理ができる使用人が他にいなかったですから。私がいつもご主人様たちの朝食をお作りしてたんです」

「そう、大変だったのね」

「ふふ、そんな顔しないでください！　殿下やルナ様のおかげで元の生活に戻れそうですし、今はとっても幸せです」

明るいエイミーの顔を見ると、来てよかったと改めて思う。

アレクは軽く咳ばらいをしてエイミーに言った。

「エイミー、何か朝食を頼めるか？　ルナが自分で作るなどと言い出して、少し心配をしていた」

……やっぱり疑ってるのね。

私はアレクを無視することにして、エイミーに言う。

「ねえ、エイミー。朝食を作るなら私も手伝うわ。今日は沢山作らないといけないでしょ？　赤獅《あかし》子騎《し》士団のみんなもいるし」

「ほんとですか！　白猫のお姉様が手伝ってくださるなら嬉しいです！　でも今はあのお姿じゃないんですね」

少し寂しそうなエイミーも可愛いけど、白猫のお姉様はやめて。

それに……今気がついたけど、彼女の胸に見覚えのあるバッジが付いている。

見間違いじゃないわよね？

私はエイミーに恐る恐る尋ねた。

「あ、あの、エイミー。その胸のバッジは何かしら？」

私の問いにエイミーは満面の笑みで答えた。

「もちろんファンクラブのバッジです！　私を助けてくださったルナ様がとっても素敵だったってお話ししたら、リカルド隊長がこれをくださったんです」

「あ、あはは……そうなのね」

……朝から頭痛がしてきた。まったく、あの人とは一度よく話し合わないといけない。

私は気を取り直してエイミーに聞いた。

「厨房に今どんな食材があるの？」

「はい、朝食用のパンと卵、そして野菜は先程朝一番で届きました。毎朝、朝市の前にこの屋敷には一番質のいいものが届くんです」

「へえ、凄いわね！」

エイミーは嬉しそうに胸を張った。

「ご主人様もエルザ様もお優しくて、町の人に慕われていますから」

「分かるわ」

エイミーに案内された厨房の奥には、とっても新鮮な食材が沢山ある。

港町だけあって、新鮮な魚も届いている。

「これだけあれば、みんなの分も作れそうね」

「ええ、ルナ様」

私は少し心配そうにこちらを覗き込むアレクに言った。

「もう、アレクは向こうに行ってて。少しは信頼してよ」

それを聞いてエイミーはクスクスと笑う。

「でも意外です。ルナ様は、元々ファリーンの公爵家の令嬢だって聞きました。お料理なんてなさるんですね」

「ええ、ちょっとはね」

獣医の仕事を除いたら、私の趣味ってゲームと美味しいものを作るぐらいだった。

食べる役はもっぱら茜の専門だったけど、結構評判はよかったのだ。

元の世界の料理が懐かしくて、時々公爵家でも作ってたのよね。

私は届いたもの以外の食材や、調味料を手早く確認していく。

「さあ、料理に取り掛かりましょう！　もうじきみんな起きてくるでしょうから」

「はい、ルナ様！」

どうせ作るなら一緒に作った方が楽だものね。

私は張り切って壁にかけられたエプロンを着けると、エイミーと一緒に皆の朝食作りを始めたのだった。

◇　◇　◇

「リカルド隊長、なんだかいい匂いがしませんか？」

数時間の仮眠を取り、小腹が空いたなと思ったリカルドとエルトは、何か食料があればと思って厨房に向かっていた。

他のメンバーは交代で休息を取っている。

「ん？　そう言えばそうだな」

チーズか干し肉みたいな保存食でもあればと考えていた二人だが、思いがけないほどいい匂いが厨房の方から漂ってくる。

シルヴァンもクンクンと匂いを嗅いで嬉しそうに吠えた。

「お前もそう思うか？　シルヴァン」

「ウォオン！」

尻尾を振るシルヴァンを眺めながら、エルトは言った。

「それにしても、動物と話せる方がいるなんて驚くばかりですね」

「ああ、まったくだ。聖獣と呼ばれるオルゼルスの力を借りることができるのも、ルナ様のおかげだからな」

「ですね。あの一角獣たちが、人間を背に乗せるなんて普通は考えられませんから」

リカルド隊長がエルトの言葉に大きく頷く。

「あの尊い笑顔を見れば、俺が一角獣であっても喜んであのお方の馬となるだろう！」

「は……ははは。そういうことじゃない気がしますけど」

エルトはドン引きした様子で、隊長であるリカルドを眺めながらため息を吐く。

（……馬となるって。色んな意味でぶれないなこの人は）

言葉とは裏腹に、昨日のリカルドの働きは目覚ましかった。

この屋敷を抑えてから、敵の配下の者たちを次々と捕縛したのはリカルドの手柄である。

（王宮の侍女たちにもリカルド隊長のファンが多いのにな。こと女性に関しては、ルナ様以外眼中にないって感じだし。にしてもライバルが手強すぎるよな。あのアレクファート殿下だし）

エルトがそんなことを考えていると、腹の虫が鳴る。

厨房が近くなってきて、本格的に美味しそうな匂いが強まってきたからだろう。

「こんな時間にもう起きてるなんて、侍女のエイミーさんですかね？」

「だろうな。今は料理ができる使用人はこの屋敷には一人だけだろう」

「ですね」

リカルドの言葉にエルトは同意する。二人は話を続けながら厨房の入り口から中に入っていった。

一気に食欲を刺激するいい香りが漂ってくる。

そして……

「あら、シルヴァン！　それにリカルド隊長やエルトくんたちも。おはよう！」

エプロン姿で、にっこりと彼らに微笑む女性の姿。

(うわぁ、可愛いな)

そこにいたのはルナだ。いずれ王太子妃になる人物にもかかわらず、気取ったところが全くない。

一角獣の事件のこともあるが、騎士たちにルナが人気なのはこのギャップだろう。

ファリーンの公爵家の令嬢のはずなのに、庶民的な部分と高貴さを兼ね備えている。

「エプロン姿も尊い……」

「こほん！　隊長、あんまりジロジロ見たら失礼ですよ」

エルトはそう言ってリカルドの脇腹をつついた。

(でも、本当に不思議な人だよな。僕とあんまり歳だって変わらないはずなのに、時々すごく大人びていて)

とても不思議な魅力を持った女性だ。そうエルトは思う。

女性に目もくれなかったリカルドが、心を奪われるのも分かる気がすると。

「丁度、朝食ができたところよ。みんなも一緒にどう？」

厨房にいたのはルナ一人だけだ。

「朝食ってルナ様が作ってくれたんですか？」

「ええ、エイミーと一緒にね。アレクのために作ったんだけど、どうせならみんなの分もって思って沢山作ったから」

「殿下のために？」

エルトの言葉にルナが頷く。

「今、向こうの部屋にアレクもいるはずよ。エイミーが食卓の準備をしてくれているから、みんなもそこで待ってて」

エルトは思わず歓声をあげる。

「やった！　ルナ様の手料理が食べられるなんて！　くぅ！　ロシェルリアに来てよかった！」

歓喜する少年騎士の姿に、ルナは苦笑した。

「そんなに期待しないでよ？　朝食用に簡単な物を作っただけだから」

そうこうしていると、エイミーが厨房に入ってきた。

そして、リカルドたちに気がついて頭を下げる。

「皆さん、おはようございます！　丁度よかったです、どうぞこちらに」

リカルドたちは彼女に案内されて、食卓の準備がされた部屋に向かう。

そこにはアレクの姿があり、彼らは敬礼をした。

「アレクファート殿下！　おはようございます」

「おはようございます、殿下。ルナ様が朝食を作ってくださったとのことで光栄です」

部下たちの挨拶を聞きながら、アレクは心配そうに厨房の方を覗き込む。

そして彼らに尋ねる。

「ルナは……その、どうだった？」

「殿下、どうだったとは？　いつもとお変わりありませんでしたが」

リカルドが首を傾げて問い返す。

それを見てエイミーがクスクスと笑った。

「アレクファート殿下ったら、ルナ様が慣れない料理をして、怪我や火傷《やけど》をするのではとご心配なさってるんです。あんまり心配されるので、ルナ様が殿下は向こうに行っていてと仰られて。さっきから何度も私にルナ様のご様子をお聞きになるんですもの」

「何を笑っている、エイミー」

「ふふ、よっぽどルナ様が大事でいらっしゃるんだなって」

アレクは、それを聞いてこほんと軽く咳ばらいをした。

エイミーはまたクスクスと笑いながら言う。

「でも、ご安心ください。ルナ様ったら私よりも慣れていらっしゃるぐらいで、私が知らない料理も作ってましたから」

「お前が知らない料理だと？」

アレクの問いにエイミーは頷いた。

厨房からルナの声が聞こえる。

「エイミー、料理を運ぶから手伝ってもらえる？」

「はい！　ルナ様！」

そう返事をしてエイミーは厨房の方へと走っていった。

◇　◇　◇

朝食の準備も終わって、私はエイミーを厨房に呼んだ。

エイミーは、猫耳と尻尾を揺らしながらこちらに駆けてくる。

「ルナ様！　食卓の準備もできました。アレクファート殿下ったら、まだルナ様が心配みたいで、騎士さんたちにルナ様のご様子を尋ねていらっしゃいましたわ」

「まったく、アレクったら」

私はそれを聞いてため息を吐くと、腰に手を当てる。心配性なんだから。

「さてと、料理も出来上がったし食卓に運びましょう。調理も終わったし、これでアレクも大人しくなるわね」

「あら、ルナ様ったらそんな風に仰ったら殿下がお可哀想ですわ」

「だって、全然私を信用してないんだから」

それにしても過保護よね。昨日まではあそこまでじゃなかった気がするのに。

どうしてだろう？　そう考えると思い当たることは一つしかない。

私は昨日の夜のことを思い出して少し顔が熱くなる。

エイミーが悪戯《いたずら》っぽい表情で私を見つめている。

「ルナ様、あの後アレクファート殿下と何かあったんですか？」

「な、何もないわよ？　七色ウミホタルが綺麗だったから二人で海を眺めてただけよ」

「ほんとですか？　お部屋を出る時に振り返ったら、お二人ともとってもロマンチックな雰囲気でしたもの」

「ほ、ほんとよ。疲れてたし直ぐに眠ったわ」

私の言葉を聞いて、エイミーががっかりしたようにため息を吐く。

「そうなんですか。なんだか残念です」

「エイミーったら」

エイミーが大きな瞳で私を見つめながら言う。

「ごめんなさい。でも、エルザ様が殿下のお姉様なら、アレクファート殿下に相応しいのはルナ様以外いませんもの！」

「ありがとう。頑張るわ」

「はい、私も応援してます！」

可愛いエイミー。エルザや大公が傍に置いて可愛がっているのも分かるわ。

そんな話をしながら、私たちはお料理が入った鍋やお皿を料理を運ぶ台車に載せ終わると、食卓のある部屋に向かう。

エイミーは、可愛らしい仕草《しぐさ》でお料理の匂いを嗅ぎながら私にウインクする。

話をしているうちに部屋に到着し、台車からスープの入った鍋とサラダを入れた大皿を食卓に移す。

「うわぁ！　美味《うま》そうだな、いい匂いがしますね」

「確かに食欲を刺激される」

リカルドさんとエルトくんは、顔を見合わせてそう言うとこちらを向いた。

「聖女様、なんのスープなんですか？」

エルトくんの問いに私は答える。

「野菜とシーフードのカレースープよ」

正確に言うと、元の世界にいた時のカレーではないけれど。

こちらの世界のスパイスや野菜を使って作った、ルナ風カレースープと言ったところだ。

ファリーンで、元の世界の料理が懐かしくて色々試し、これもそのうちの一つ。大好きだったカレーは、やっぱりどうしても食べたくなった。

公爵家の料理長にも色々教えてもらったりして、おかげで昔より料理が上手になったぐらいだ。

私の返事に皆首を傾げる。

「ルナ、カレーとはなんだ？　聞いたことがないぞ」

「そうね、食べてみれば分かるわ。疲労の回復に効く薬草も入っているのよ」

昨日は大変だったし、皆疲れているはずだから。

様々なお客様を迎えることがあるからだろう。幸い大公家には沢山のスパイスや香辛料が揃《そろ》っていた。

元の世界のカレーとは、使っている材料は色々と違うけど味には自信がある。

エイミーと協力して、皆の前に海の幸がふんだんに入ったカレースープを配り終える。

「私も味見してみましたけど、とっても美味しかったですよ！　パンにもとってもよく合いますし」

初めは見慣れない料理に顔を見合わせていた皆だったが、アレクが先頭を切って一口スープを食べてくれた。

そして、一瞬目を見開くと言う。

「これは……安心しろ。中々美味《うま》いぞ。皆も食べてみろ」

「は、はい！」

「ん！　確かに……ピリリと辛いですが癖になりますね！　美味しいですルナ様！」

ニッコリと笑うエルトくん。

「へえ。これが聖女様の故郷の料理、カレーか！　美味《うま》いものだな」

あっという間に平らげたリカルドさんが、私やエイミーにお代わりをねだる。

リカルドさんやエルトくんが沢山食べるから、瞬く間にスープはなくなってしまう。

アレクは、少し呆気にとられたように団員たちを眺めている。

「まったく、お前たちときたら……少しは遠慮というものがあるだろうが？　そもそも、これはルナが俺のために作ってくれたものだぞ」

「アレクったら」

子供みたいな怒り方をするアレクが可愛いくて、噴き出してしまう。

アレクの言葉に二人はお腹をさすりながら答える。

「すみません殿下。あんまり美味しかったものでつい！」

「弱りましたね、僕たちがルーク様たちの分まで食べちゃいましたよ」

確かに、結構作ったつもりだったけれどすっかりなくなってしまった。

これから皆も起きてくるだろう。それに屋敷の中や外を警護してくれている、この町の衛兵隊の隊員たちもいる。

私はエイミーに提案した。

「ねえ、エイミー。まだ朝市には間に合うかしら？」

「ええ、大丈夫だと思いますよ。でも、どうしてですか？」

「せっかくだから、ルークさんたちや衛兵隊の人たちの朝ご飯も用意しようと思って。カレーの評判もよかったしね」

やっぱり美味しいと言って食べてくれると、作り甲斐《がい》がある。

腕まくりする私を見てエイミーは笑った。

「ほんとルナ様って変わってます。王太子妃になられる方が、衛兵たちの朝食を作るだなんて」

「駄目かしら？　お腹が減るのは身分とは関係ないもの」

「いいえ！　素敵だと思います。きっとこのロシェルリアにもルナ様のファンクラブができますわ！」

そう言って、エイミーは例の胸のバッジを私に見せる。

「はは……そ、そうかしら？」

それは遠慮したい。私はアレクに申し出る。

「ねえ、アレク。これから朝市に行ってきてもいい？　今はこの町もしっかりと衛兵たちが守っているし、外に出ても危険はないと思うけれど」

アレクはため息を吐くと答える。

「お前は言い出したら聞かないからな。いいだろう、ただし俺も一緒に行く。この町の様子を確かめに行く必要があるからな。港に行き、ロシェルリアを守る海兵部隊の責任者にも会っておきたい。ルファリシオの船が来たらいつでも捕えられるようにな」

「ほんとに？　そうと決まったら早く行きましょ」

「お、おい、ルナ。ちょっと待て」

こういう時は、気が変わらないうちに連れ出すのが一番だ。

今ならきっと朝日が海を照らしてとても綺麗だろう。

リカルドさんとエルトくんも顔を見合わせて席を立つ。

「そういうことなら、我らも共に。荷物係も必要でしょう」

「ですね隊長！　屋敷の警備はブライアンさんたち衛兵部隊が、もうしっかりとやっていますから」

「決まりね。早速出かけましょう」

大公を救い出した安心感から皆、自然と笑顔になる。

屋敷をガードする衛兵に、ルークさんたちへの伝言を伝えると、私たちは早速屋敷の外へ向かった。

エイミーの案内で、港で開かれている朝市を目指す。

「うわぁ、綺麗な町ね！」

小高い場所に建てられた大公のお屋敷から港の方を見ると、とても美しい光景が広がっていた。

青い空と、澄んだ色をした海に、私の目はくぎ付けになる。

ちょっとした旅行に来た気分だ。

アレクが海を見つめ、目を細めながら私に言う。

「ロシェルリアは美しい町だ。婚儀が済んだら、叔父上への挨拶も兼ねてお前と一緒にここを訪れることも考えていたのだが……まさかこんなことでやってくることになるとはな」

「あら、いいじゃない。色々あったけれど、大冒険を兼ねた婚前旅行みたいなものだわ」

アレクは肩をすくめると笑った。

「まったく、お前ときたら」

そう言って私を見つめるアレクはとても凛々《りり》しくて、まるで伝説の勇者ライオゼスのようだ。

そして、彼は朝日に煌《きら》めく神獣フェニックスの腕輪に視線を落とした。

「その腕輪、本当によく似合っている。ルナ、帰ったらすぐに式を挙げよう」

「ええ、アレク」

大公やエルザも招待して、皆に祝福される盛大な式を。

式のことを思うと、私はとても幸せな気持ちになった。

# エピローグ

大空で翼を羽ばたかせている一匹の白鷲竜《しらわしりゅう》。

遠く水平線を昇っていく朝日が、その純白の姿を美しく照らし出している。

その朝日の方向に微かに見えてくる美しい町並み。

それを見て、ドラゴンの背に乗っている小さな猿がその頭の上に駆け上がる。

そして、町の方向を指さして叫んだ。

『見ろよ！　ピピュオ！　あれがロシェルリアだ』

その言葉に、まだ幼い白鷲竜《しらわしりゅう》は嬉しそうに顔をほころばせる。

『本当に？　ジンお兄ちゃん。じゃあ、あそこにママがいるんだね！』

『ああ、そうさ！　もう一息だ、ピピュオ』

『うん！』

目的地を目前にして、夜通し空を飛んできた疲れも消えていく。

首にしっかりと結びつけられた袋の中からリンやメル、羊うさぎのスーとルーも顔を出して声をあげる。

『うわぁ！　綺麗』

『おっきな泉があるよ！』

『うん、ルー！　お日様でキラキラしてる。あそこにルナがいるんだ！』

海を初めて見たリンたちは、夢中になって水平線と朝日に照らし出される美しい港町を眺めている。

ジンはそんなリンたちを見て笑い、胸を張ると言う。

『ばっかだな、あれは泉じゃないんだ。海っていうんだぜ！　おっきなおっきな泉なんだ』

『変なのジン。今おっきな泉だって自分で言ったじゃない』

『ほんとだよ〜』

そう言って抗議する羊うさぎの姉妹に、ジンは頭を掻いた。

『あれ？　そうだっけか。まあいいや！　とにかくピピュオ、あそこに行けばきっとルナに会えるはずさ！』

『うん！　ジンお兄ちゃん』

そう言って一際大きく翼を広げるピピュオ。

その表情がふと不安げになる。

『でも、ママ怒らないかな？　王宮にいなさいって言われたのに、勝手に飛び出したりして』

『何言ってんだピピュオ。怒るわけないだろ？　きっと喜ぶさ、いつもみたいに抱きしめてくれるって』

ジンの言葉に、不安げだったピピュオの顔が明るく変わる。

いつだってぎゅっと自分を抱きしめて微笑んでくれる母親の顔が、ピピュオは一番大好きだ。その笑顔を見ると、とても幸せになる。

『うん!!』

力強く頷くピピュオ。迷いは消えて、その視線はロシェルリアの方角をまっすぐに見つめていた。

そんな中、ピピュオはとある異変を感じる。そして叫んだ。

『ジンお兄ちゃん、見て！　何か来るよ!?』

『ん？　なんだ、どうしたんだ』

人一倍目がいいピピュオが見つけた異変を、自分も理解しようと、ジンは額に手をかざして遠くを眺める。

しばらくすると、遠くに何かが見えてくる。

袋から顔を出したリンたちも叫んだ。

『ほんとだ！　ねえ、ジン何か来るよ』

『なんだろう？』

『うん、一杯いるよ！』

メルも目を細めながら声をあげた。

『本当ね。あれは鳥だわ！　鳥の群れよ！』

勢いよく空をかけるピピュオと、何かに追われるようにこちらにやってくる鳥の群れが、次第に近づいていく。

ジンはそれを見て叫んだ。

『あれはカモメだぜ！　どうして陸に向かって飛んでるんだ？　あいつらは海鳥だっていうのにさ』

次第にはっきりと見えてくる海鳥の群れは、ピピュオの傍を通り過ぎていく。何かを恐れるように慌てふためき、幼い白鷲竜《しらわししりゅう》の姿など目にも入っていない様子だ。

その光景に、思わずジンは彼らに向かって声をあげた。

『お、おい！　一体どうしたんだよお前ら？　何をそんなに慌ててるんだ！』

ほとんどのカモメが、ジンの言葉に答えることもなく飛び去って行く中で、一羽のカモメが旋回《せんかい》し、ジンたちの周りを飛んだ。

人が好さそうな雄のカモメだ。ピピュオたちを見て忠告するように口を開く。

『お前らこそ、どこへ行くつもりだ？　まさか、ロシェルリアに行くつもりじゃないだろうな』

それを聞いてジンは首を傾げる。

『ああ、俺たちはこれからそこに行くんだ。なんだよ、行っちゃいけないっていうのか？』

ジンの言葉に、カモメは首を横に振る。

『悪いことは言わねえ。今すぐ引き返せ！　あそこにはもうすぐ黒い悪魔たちが来る』

『黒い悪魔たち？　一体なんのことを言ってるんだ！』

そう尋ねるジンに答えようとするカモメに、別の雌のカモメが声をかけた。

その隣にはまだ子供のカモメの姿も見える。

『あんた、何してるの！　急がないと。こんなところでもたもたしている場合じゃないわ』

『あ、ああ。そうだなベル！』

ベルというのはこの雄のカモメの妻だろうか。

声をかけられてそのカモメは大きく羽ばたくと、ジンたちから離れて再び群れに合流した。

そして最後に大声で警告をする。

『忠告したぜ！　お前たちも早くここから逃げるんだ。海のかなたから連中がやってくる前にな！』

そのカモメは、ロシェルリアから少し南西にずれた水平線の先を見つめている。

そして、仲間たちと一緒に翼を羽ばたかせて逃げるように去っていった。

ジンは呆気にとられながら振り向くと、その光景を眺めていた。

『な、なんだっていうんだ、一体！』

リンは不安そうにカモメが見つめていた方角とロシェルリアの町並みを見比べる。

『ねえジン！　あの鳥たち、海の向こうから何かが来るって』

スーやルーも大きく頷くと言った。

『黒い悪魔だって！』

『ルナがいる町に向かってるの？』

ジンは呟く。

『ルナたちが話してた、ルファリシオって奴のことか？　でも、カモメたちは黒い悪魔たちって……』

一人の人間のことならそんな言い方はしないだろう。

ましてや、船に乗ってやってきているとしたら、まだその姿が見えないところを見ると水平線のかなたにいるはずだ。

(なんかおかしいぜ。もしそうなら、あんなに慌てて逃げる必要なんてあるのかよ?)

そう思った瞬間、ジンは自分たちを乗せたピピュオが進路を変えるのを感じた。

それは先程のカモメが最後に見つめていた方角だ。

ジンは慌ててピピュオに向かって叫ぶ。

『お、おい、ピピュオ!　どこ行くんだ!?』

真っすぐに前を見つめるピピュオの翼は、大きく広がり、スピードを増す。

そして、その瞳には固い決意が宿っている。

『確かめに行くんだ。何かがママがいる町に向かってる!』

その黒い悪魔という何かが、自分が感じていた嫌な予感の正体のような気がして、ピピュオは確かめずにはいられなかった。

『お空を飛べないパパもママも、まだきっと何も知らない!　だったら僕が確かめてママたちに伝えないと』

『本気か?』

固い決意が込められた言葉に、ジンは言う。

『うん!　僕の目はみんなよりずっと先が見える。ジンお兄ちゃんだって知ってるでしょ?』

『あ、ああ……そりゃ知ってるけどさ』

真剣なピピュオの横顔を見て、ジンはブルブルと頭を振ると、勇気を振り絞って進路の先を指さす。

そしてピピュオに言う。

『分かったピピュオ！　行こうぜ。でも、それが何か分かったら、すぐにルナたちのところに向かうんだ！　いいな？』

ジンの忠告に、ピピュオは力強く頷く。

そして、リンたちも覚悟を決めたように首を縦に振る。

『行こう、ピピュオ！』

『お姉ちゃんたちも一緒だよ！』

『うん！　お姉ちゃん』

その言葉に勇気をもらい、飛翔する若き白鷲竜《しらわしりゅう》。まるで白い弾丸のように、大空を羽ばたいていく。

海が近づき、海上を飛ぶと、高く舞い上がり視界を広げる。

その目が水平線の先に並ぶ何かを捉えた。

『ジンお兄ちゃん！　海の向こうに何か沢山浮かんでる。すごくすごく一杯並んでるよ！』

それを聞いてジンは少し考え込むと声をあげた。

『海に浮かんでる？　ピピュオ、そいつは船ってやつだ！　でも変だぜ、どうしてそんなに。ルファリシオって奴が来るなら、人目につかないようにやってくるはずだって、ルナたちは』

『分からない。でも一杯いるんだ、海の上を埋め尽くすくらいに』

ピピュオの言葉に不安を覚えるジン。

（一体どういうことだよ。これじゃあまるで、ジェーレントの奴らが攻めてきたみたいじゃないか）

そんなことはアレクやルナたちは話してはいなかった。

ロシェルリアで囚われの身になっている大公を救い出すだけだって。

そして、やってきたジェーレントの王太子を捕える手はずだと。

嫌な予感が胸の中に広がっていく。

そんな中、ピピュオは再び叫んだ。

『その船の上に何かいる！』

『ピピュオ、何かってなんだよ？』

ジンの問いにピピュオは首を横に振った。

『分からない。初めて見る獣なんだ。黒くて大きくて、人間たちを乗せて船からどんどん飛び立っていくよ』

『黒くて大きな獣だって⁉』

『うん、順番に飛び立って船の上をぐるぐる回ってる。どんどん空に集まっていくよ』

リンは背筋を凍らせながら言った。

『そんなに大きな獣なの？　ねえ、ジン。それがカモメたちが言ってた……』

ジンは大きく頷く。カモメたちが恐れていたのはその獣だと直感して、身を震わせる。

（一体なんなんだそいつら。何をするつもりなんだ？）

その時――

ピピュオが叫んだ。

『今、先頭の大きな奴と目が合った。こっちを見てる！』

『くそ！　向こうもこっちに気がついたんだ！　ピピュオ、もう十分だぜ！　このことを一刻も早くルナたちに伝えるんだ！』

ジンの言葉にピピュオは頷くと、小さく旋回《せんかい》をしてロシェルリアへと進路を変える。

そして、振り向くと言った。

『あいつらもこっちに向かってくるよ！』

『ピピュオ！　急げ、急ぐんだ!!』

追いつかれたらどうなるのか分からない。恐怖が全身を襲う。

そして、このことをルナやアレクに伝えなければならないという使命感。

その二つがピピュオの翼を羽ばたかせる。白い弾丸のように突き進む姿は、あっという間にロシェルリアの上空に迫っていった。


『ママ！　何か来るよ！　ママ、パパ!!』

大きく咆哮《ほうこう》する幼い白鷲竜《しらわしりゅう》。その叫びは朝のロシェルリアに響き渡った。

それに応えるかのように、地上から何かの遠吠えが聞こえてきた。
雄々《おお》しい声は、ピピュオの焦る気持ちを少しだけ落ち着かせる。
『お兄ちゃんだ！　シルヴァンお兄ちゃんの声だ』
ジンは地上を見下ろし大きく頷いた。
『ああ、ピピュオ！　間違いないシルヴァンだ！』
ジンは相棒の声がした方向を指さす。そこには朝市らしきものが開かれている。
ピピュオの目が、上空を見上げている銀狼とその傍にいる男女の姿を捉えた。
大好きな二人の姿を見て、ピピュオは一声大きく鳴き、その傍に舞い降りていく。
突然現れたピピュオに、目を丸くしているルナたち。
『ピピュオ！　みんな！　一体どうしてここに？　王宮にいるはずでしょう』
アレクも驚いた様子でピピュオを眺めると言う。
「ルナ、どうなっている？　どうして、ピピュオたちがここへ」
「私にも分からないわ」
戸惑いの表情を浮かべるルナを見て、うなだれるピピュオ。
『ごめんなさいママ。言いつけを破ったりして』
『ピピュオ……』
ルナはしょんぼりとするピピュオの首を優しく抱き寄せる。
そして言った。

『そんな顔しないで。もう大丈夫だから。ママも悪かったわ、急いで王宮を発ったりしたから、きっと貴方を不安にさせてしまったのね』

優しく抱き寄せられて安堵《あんど》するピピュオだったが、先程の光景を思い出して慌てて叫んだ。

『それよりママ！　僕、ママに知らせに来たんだ。こっちに沢山の船が向かってる！　それに人を乗せた黒くて大きな獣たちが!!』

突然の言葉にルナは首を傾げる。

『ピピュオ、何を言ってるの？　沢山の船と大きな獣って……』

リンやスーたちも一斉にルナに告げる。

『ルナ、ピピュオがさっき見たの！』

『カモメたちが黒い悪魔だって！』

『早く逃げないと駄目だって言ってたんだよ』

仲間たちの言葉に戸惑うルナとシルヴァン。

『どういうことなの？』

『ジン、何があったんだ！』

相棒の言葉にジンはその背中に飛び移ると、ルナたちに言った。

その指は今しがた飛んできた方向をさしていた。

『あの海の向こうにジェーレントの船が一杯いるんだ！　まるでここに攻めてくるみたいに。それにその船から、大きな黒い獣たちが飛び立ってこちらに向かってやってくる！』

その衝撃的な言葉に、ルナは目を見開いた。

『なんですって、ジン！　ジェーレントの船団がこちらにやってくるっていうの？』

『ルナ、時間がない。奴ら、きっと直ぐにでもここにやってくるぜ！』

それを聞いてルナは青ざめる。

そして、アレクにそれを伝えた。

「アレク！　大変よ、ジェーレントの船団がこちらにやってくるって！　その船から飛び立った大きな獣の群れが、ロシェルリアに向かってるっていうのよ！」

「馬鹿な……ルナ、それは本当なのか!?」

リカルドやエルトも、ルナの言葉を聞いて凍りついている。

「ルナ様！」

「まさか。ジェーレントとロシェルリアは和平を結んでいます。ジェーレントの国王は交易で国を富ませることを望む穏健派。他国に攻め入るタイプではないと聞いています」

エルトの言葉にアレクも頷く。

「そうだ。それ故に奴を捕えた暁には、ジェーレント王に父上より親書を送るつもりだったのだからな」

「でも、アレク。ピピュオたちが見たって！」

アレクはルナの言葉を聞いて唇を噛むと、リカルドとエルトに命じる。

「エルト！　急ぎ屋敷に戻り、叔父上にこのことを伝えよ！　そして衛兵たちに、直ぐにでも民を避難させるための警鐘を鳴らさせるのだ」

「はっ！　殿下、かしこまりました」

直ぐに行動に移ったエルトは、風のように大公の屋敷へ向かって駆けていく。

アレクはリカルドに命じた。

「リカルド、お前はルナとエイミーを連れてこの場を避難しろ。オルゼルスに頼み、エディファルリアに帰り父上と兄上にこのことを伝えよ！」

その言葉にリカルドは唇を噛みしめる。

「し、しかし、殿下はどうされるのです！」

「そうよ！　貴方はどうするの!?」

ルナはアレクの手を握りしめてそう叫ぶ。

「俺はエディファンの王太子だ。今は叔父上に全権を委任されて、ロシェルリアの民の命を守る責務がある」

真紅の髪を靡《なび》かせた凛々しい貴公子の瞳に浮かんだ固い決意を、ルナは見つめる。

そして、その手をしっかりと握りしめた。

「そんな！　嫌よ、アレク！　貴方だけをここに残して行けるはずがない」

ルナの瞳に浮かぶ涙を、アレクはそっと指先で拭《ぬぐ》った。

「ルナ、聞き分けてくれ。俺からの最後の頼みだ」

（どうして？　さっきまではあんなに幸せだったのに、どうしてこんな……）

ルナの瞳から、次から次へと涙があふれ出る。

その時――

上空から声が響き渡る。

「ふふふ、愚《おろ》か者が。お前たち二人を逃がしたりなどはせぬ！　安心せよ、二人まとめてここで葬《ほうむ》ってくれるわ!!」

邪悪で傲慢《ごうまん》なその声を聞いて、シルヴァンが叫んだ。

『ルナ！　アレク！　気をつけろ、上から来るぞ!!』

まるで黒い雷が落ちるかのように、何かが恐ろしい速さで地上に舞い降りる。

凄《すさ》まじい衝撃音が辺りを包み、砕け散った朝市の石畳が瓦礫《がれき》となって宙を舞う。

叫び声をあげながら逃げ惑う人々を、ルナは霞《かす》む目で眺めていた。

何かが上空から二人に襲いかかった瞬間、アレクに突き飛ばされて、石畳の上を転がったルナ。

同時に凄《すさ》まじい衝撃を感じて吹き飛ばされ、朝市の出店の柱に体を打ちつけられた。

「アレク……」

上空から襲撃した何かから自分を守ってくれたアレクの背中がそこにはある。

ルナを守って逃げ遅れたからだろう、肩には何か大きな獣の爪で刻まれた深い傷跡が見える。

そこから流れ出る血を、失いつつある意識の中でルナは見つめていた。

舞い上がった砂埃《すなぼこり》が次第に薄れ、襲撃者の姿が露《あらわ》になる。

「……ブラックグリフォン」

そこにいたのは黒いグリフォンだった。

鷲《わし》の顔に、巨大なライオンの体と翼を持つ黒い獣。

そして、その背に乗っていた男が地に降り、腰から提げた剣を抜く。

「ひ、ひぃぃ！」

人を殺すことになんの躊躇《ちゅうちょ》もなく振られた剣が、近くにいた出店の店主の首をはねた。

そして、その男は笑みを浮かべる。

「久しいな。聖女よ、そしてアレクファート。あの時のけりをつけに来た」

その男は仮面こそ被ってはいないが、確かに以前二人の前で青飛竜《せいひりゅう》の命を奪った男だ。

並外れた腕を持つ黒髪の剣士。

アレクは、グリフォンの爪で傷つけられた肩を押さえながら呻《うめ》く。

「ルファリシオ、貴様……」

「ふふ、愚《おろ》かな男だ。それ程の剣の腕を持ちながら、女を庇《かば》うために深手を負うとはな。エディファンの英雄などと呼ばれていても、そのような甘い男は俺には勝てん」

リカルドやシルヴァンも先程の衝撃に巻き込まれ、気を失っている。

ピピュオたちは、まるで巨大な蛇にでも睨まれているかのように身動きすらできない。

半年前とは比べ物にならないほどの力を、ルナはその男から感じた。

「アレク……逃げて」

気を失う前にルナが言えた言葉はそれだけだった。

涙が頬を伝う。

彼は決して逃げないことを知っていたからだ。

ルナを、そして仲間たちを守るために、死ぬまでここで戦うだろう。

そう確信するからこそ流れ落ちる涙。

空から次々に舞い降りてくる黒いグリフォンの群れは、これから始まるであろう惨劇を象徴しているかのようだ。

ルナは、手にした幸せのすべてが失われていくのを感じながら、そのまま意識を失った。

◇　◇　◇

「そんなところで眠ったりして、だらしないわね、詩織」

突然聞こえた声に、私は目を覚ました。

懐かしい声と、日に焼けた見慣れた横顔。

ふと気がつくと、私は北海道にある茜の家の牧場にいた。

羊たちや馬が放牧されていて、のんびりとした雰囲気だ。

そんな光景を一望できる場所に置かれているベンチに、私は横たわっている。

私は慌てて体を起こすと思わず叫んだ。

「ルファリシオは!?　アレク！　シルヴァン、ピピュオ!!」

アレクや仲間たちの姿を探して、私は辺りを見回した。

空から襲いかかってきた巨大な黒い魔獣の姿と、そこから降りてきた恐ろしい黒髪の剣士。背筋が凍る光景を思い出す。

そんな私を見て茜は肩をすくめた。

「何言っているのよ、詩織。アレク？　一体誰のこと。また寝ぼけて、変な夢でも見たんじゃないの？」

「夢……？」

私は慌てて自分の着衣を確認する。

そして、呆然と呟いた。

「そんな……」

先程まで着ていたルナの服装じゃない。私が北海道で獣医をしていた頃よく着ていた白衣が、目に飛び込んでくる。

私の様子を眺めている茜は、呆れたように言う。

「一体どんな夢を見てたのよ？　アレクだなんて、もしかしてファンタジーの世界に迷い込んだ夢でも見てたの？」

「ファンタジーの世界に……」

信じられないくらいの大冒険。そして、私にはとても不釣り合いな素敵な男性との恋。

見たこともない動物たちとの、ワクワクするような生活。

そのすべてが夢だったのだろうか。

一頭の子羊が、ベンチに座る私の膝に頭を擦《こす》りつけて、甘えるようにメェと鳴く。

私はその頭をそっと撫でた。

頬に涙が伝っていく。

「ねえ、貴方はなんて言っているの？」

一緒に遊んで欲しいのだろうか？　それとも何かをおねだりしているのだろうか。

私を見上げるつぶらな瞳の可愛い子羊。でもその子が言っている言葉が分からない。

それがなんだかとても悲しくて、私はこぼれる涙を抑えることができなかった。

「ごめんね。もう私には、貴方が言ってることが分からないの」

気がつくと、私は声をあげて泣いていた。まるで子供みたいに。

あれがすべて夢だったなんて。

シルヴァンと二人で旅に出て、皆と出会った。

そして、アレクとも。

私にとっては本当に大切な経験で、かけがえのない記憶だ。

きっと茜は私のことを馬鹿みたいだと思っているだろう。でも、もう皆に会えないと思うと涙が止まらない。

茜は黙って私の肩に手を置くと言った。

「馬鹿ね。なに泣いてるのよ、子供みたいに」

茜の言う通りだ。化粧がぐちゃぐちゃになるまで泣くなんて、大人になってから一度もなかった。

そんな私に背を向けて茜は言う。

「勘違いしないでね。私はこう言ったのよ。だらしないわね、こんなところで眠ったりしてって。起きなさいよ、ルナ」

茜の言葉に、わたしは呆然として彼女の背中を見つめる。

この人は茜じゃない。茜のはずがない。

もしそうなら、あちらの世界の私の名前を知っているはずがないんだから。

いつの間にか彼女は純白のドレスを着ている。私は思わず問いかけた。

「誰なの？　貴方は……」

彼女は私に背を向けたまま答えた。

「知っているはずよ？　貴方は私だもの」

「私が貴方？」

「ええ、貴方はその腕輪のことを知っているはず。そうでしょう？　ルナ・ロファリエル。貴方は元々こちらの世界の人間なのだから」

ふと手元を見ると、私の腕にはアレクが私に嵌《は》めてくれた神獣の腕輪があった。

「どうして……」

あれが夢なら、これが私の腕にあるはずがない。

純白のドレスを着たその女性は、ゆっくりとこちらを振り返る。

「もう時間がないわ。思い出しなさい、貴方が本当は誰かっていうことを」

「私が？　……待って！　一体それはどういう意味なの？」

彼女はその場から立ち去っていく。でも私は、最後に振り返った彼女の顔をしっかりと見た。

何故か懐かしく思えるその顔。私の手に嵌《は》められた腕輪が強烈に輝いていく。

気がつくと、私は瓦礫《がれき》が舞い散るあの朝市に倒れていた。

「アレク……」

まだ少し霞《かす》む視界の中で対峙する、赤い髪の貴公子と黒い髪の剣士。

私が気を失っていたのは、恐らくはほんの僅《わず》かな時なのだろう。

目を覚ました私を見て、ルファリシオが笑う。

「ほう、気を失ったのではないのか？　まあいい、その方が面白い。お前の目の前で愛する男を殺してやろう」

アレクは私を守るように背を向けたまま、ピピュオに向かって叫ぶ。

「ピピュオ！　ルナを連れてここから逃げろ。こいつは俺が倒す」

『パパ！　嫌だよ！　パパだけ置いて逃げるなんて僕は嫌だ!!』

アレクのことが大好きなピピュオは、勇気を振り絞るようにして大きく首を横に振った。

怪我をした父親をここに置いていくなんて、優しいこの子には無理な選択だから。

後ろに気を取られたアレクに、ルファリシオは黒い稲妻のごとく襲いかかる。

「女よりもお前自身の命を心配することだ。ふふ、俺は以前の俺とは違うぞ」

「ぐっ!!」

衣服の胸の部分を切り裂かれて、アレクは膝をつく。

「アレク！」

その時、私は見た。

大きく羽ばたき、まるで白い弾丸のようにルファリシオに向かっていくピピュオの姿を。

『やめろぉ！　パパをいじめると僕が許さないんだ!!』

でも、私の背筋は凍りついていた。

ルファリシオの目が、しっかりとピピュオの姿を捉えているのが分かったから。

ジンやリンたちが叫ぶ。

『ピピュオ！　やめろ！』

『ピピュオ！』

あの時と同じだ。

この残忍な男が青飛竜《せいひりゅう》の首をはねた時と同じように、ルファリシオの剣がピピュオの首筋を狙い一閃される。

「やめてぇええええ！」

愛するものを目の前で失うなんて耐えられない。

私は我を忘れて、獣のように走った。

今の私の体にこんな力が残っていたなんて、自分でも信じられない。無我夢中で走る。

私は自分の中で何かが目覚めていくのを感じた。
強烈に輝く腕輪が作り出す光が、私の衣装を純白のドレスに変えていく。
解除したはずの獣人化が自動的に発動していくのを、生えていく獣耳と尾で感じた。
強烈な魔力が全身に満ちていく。
『パパ！　ママ!!』
私とアレクはピピュオの前に立ち、ルファリシオの剣を受け止めていた。
アレクは王家に伝わる聖剣で、私は神獣の腕輪の光が作り出した白銀の剣を手にして。
私が唱える回復魔法で、アレクの傷が塞《ふさ》がっていく。
「ルナ、一体その姿は……」
「分からないわ、アレク。私にも分からない」
でも、自分でも私の姿が変わっていくのは分かった。
まるで本当の自分を思い出したみたいに。
腕輪の光から生み出された美しい白銀色の剣、そして純白のドレスと白銀のティアラ。
大きな狐耳と、月光のような色の長い尻尾。
手にした剣に映る自分の姿は、大書庫で読んだ絵本に描かれたある女性にそっくりだ。
伝説の勇者の妻、そして聖王妃と呼ばれた女性に。
一体どういうことなの？　どうして私がこんな姿になっているの。
あの時彼女は、貴方は私だと言った。そして、元々私はこちらの世界の人間だとも。

私の姿を見て、ルファリシオは笑った。

「なるほど、そういうことか。邪神ヴァルセズがお前を欲しがるわけだ。黒蛇《こくじゃ》の呪印を消し去るほどの力を持つ女、お前が誰なのか俺にもようやく分かったぞ。あの女の生まれ変わりだとすればその力も頷ける」

水平線には、もう私の目にもはっきりとジェーレントの軍船の姿が見える。

海を埋め尽くすほどの数にゾッとする。このままではロシェルリアの美しい町や人々は、この男の手で蹂躙《じゅうりん》されるだろう。

絶望的な状況だ。そんな中、凛々しい赤い髪の貴公子は静かに言った。

「ルナ、お前の命を俺にくれ。最後まで共に戦おう」

「アレク……」

その言葉が私には嬉しかった。私のことを妻として認めて、運命を共にすると決めてくれたのだ。

赤い髪を靡《なび》かせたその姿を、私はずっとずっと昔に見た覚えがあった。

邪悪の化身とも言える男に向かって、剣を構えるアレク。

私はその隣に立つ。

かつて、勇者ライオゼスの隣にいつも聖王妃リディアがいたように。

ルファリシオがこちらを眺めると言う。

その額には九つの頭を持つ黒い蛇《へび》の紋章が浮かび上がっていた。

自分の中で今もまだ力が覚醒《かくせい》していく。でも、目の前の男の強さは普通ではない。

ルファリシオの力が、前に会った時とは比べ物にならないのは、離れていても伝わってくる。

「ふふ、聖王妃リディアよ、お前は殺さずにおいてやろう。いずれ皇帝を名乗るこの俺に相応しい女だ。捕えて俺の妃の一人にしてやる」

こんな男の妃になるなら死んだ方がましだ。

私と私の中の彼女ははっきりと答えた。

「ごめんだわ！　貴方のような男は大嫌いなの。私は必ず貴方を倒す、アレクと一緒にね」

アレクはその言葉に頷く。目の前に立つ邪悪の化身、そして迫りくるジェーレントの船団。

私は唇を噛みしめる。

絶体絶命の状況の中、私は覚悟を決めて彼と共に剣を構えたのだった。

Regina COMICS
自称 悪役令嬢な婚約者の観察記録。
1～3
大好評発売中!!!!!
原作＝しき
漫画＝蓮見ナツメ
Presented by Shiki & Natsume Hasumi
アルファポリスWebサイトにて
好評連載中!!
＼異色のラブ(?)ファンタジー／
待望のコミカライズ!
優秀すぎて人生イージーモードな王太子セシル。そんなある日、侯爵令嬢バーティアと婚約したところ、突然、おかしなことを言われてしまう。
「セシル殿下! 私は悪役令嬢ですの!!」
……バーティア曰《いわ》く、彼女には前世の記憶があり、ここは『乙女ゲーム』の世界で、彼女はセシルとヒロインの仲を引き裂く『悪役令嬢』なのだという。立派な悪役になって婚約破棄されることを目標に突っ走るバーティアは、退屈なセシルの日々に次々と騒動を巻き起こし始めて――?
アルファポリス 漫画 検索
B6判 / 各定価：本体680円＋税
直接対決いたします!

シリーズ累計
50万部
突破!!
RC
Regina
COMICS
詐騎士
1~7
SAGISHI
Presented by Kaitoko
Comic by Natsumi Asa
大好評
発売中!!
原作 かいとーこ
漫画 麻 菜摘
アルファポリスWebサイトにて
好評連載中!
ずっと捜し求めていた
天使のため
地下の帝国へ!
新感覚ファンタジー
待望のコミカライズ!!
ある王国の新人騎士の中に、一人風変わりな少年がいた。傀儡術《かいらいじゅつ》という特殊な魔術で自らの身体を操り、女の子と間違えられがちな友人を常にフォローしている。しかし実は、その少年こそが女の子だった! 性別も、年齢も、身分も、余命すらも詐称。飄々《ひょうひょう》と空を飛び、仲間たちを振り回す――。そんな詐騎士《さぎし》ルゼの偽りだらけの騎士生活!
B6判 / 各定価：本体680円+税
アルファポリス 漫画
検索

RC
Regina COMICS
大好評発売中!!
原作＝斎木リコ
Riko Saiki
漫画＝藤丸豆ノ介
Mamenosuke Fujimaru
シリーズ累計15万部突破!!
今度こそ幸せになります!
1~4
異色の転生ファンタジー
待望のコミカライズ!!
「待っていてくれ、ルイザ」。勇者に選ばれた恋人・グレアムはそう言って魔王討伐に旅立ちました。でも、待つ気はさらさらありません。実は、私ことルイザには前世が三回あり、三回とも恋人の勇者に裏切られたんです! だから四度目の今世はもう勇者なんて待たず、自力で絶対に幸せになってみせます——!
原作＝斎木リコ
漫画＝藤丸豆ノ介
今度こそ幸せになります! 4
六回もの転生、その元凶の魔王に挑む!
累計15万部突破!!
人生七度目
ついに勇者と幸せになる!?
異色の転生ファンタジーコミカライズ!
アルファポリス
B6判 / 各定価:本体680円+税
アルファポリス 漫画
検索

新＊感＊覚　ファンタジー！

# Regina レジーナブックス

**平民少女、**
**まさかの成り上がり!?**

## 野良竜を拾ったら、女神として覚醒しそうになりました（涙

**中村《なかむら》まり**
**イラスト：にもし**

とある悩みを抱えた少女、フロルはある日、森の中で一匹の子竜と出会った。けれど、平民が竜に触れるのはご法度。そのためフロルは無視するが、子竜はなぜかついてきてしまう……しょうがない、と一晩だけ連れて帰ってみたら、それから波乱の日々が始まって——!?　無自覚チートな平民少女の、うっかりサクセスファンタジー、開幕！

詳しくは公式サイトにてご確認ください。
https://www.regina-books.com/

携帯サイトはこちらから！

この作品に対する皆様のご意見・ご感想をお待ちしております。

おハガキ・お手紙は以下の宛先にお送りください。

【宛先】

〒150-6008 東京都渋谷区恵比寿4-20-3 恵比寿ｶﾞｰﾃﾞﾝﾌﾟﾚｲｽﾀﾜｰ 8F
（株）アルファポリス　書籍感想係

メールフォームでのご意見・ご感想は右のＱＲコードから、
あるいは以下のワードで検索をかけてください。

アルファポリス　書籍の感想　検索

ご感想はこちらから

本書は、「アルファポリス」（https://www.alphapolis.co.jp/）に掲載されていたものを、改稿、加筆のうえ、書籍化したものです。

元獣医《もとじゅうい》の令嬢《れいじょう》は婚約《こんやく》破《は》棄《き》されましたが、
もふもふたちに大人《だいにん》気《き》です！ 2

園宮りおん（そのみやりおん）

2020年 3月 5日初版発行

編集－古内沙知・宮田可南子
編集長－太田鉄平
発行者－梶本雄介
発行所－株式会社アルファポリス
〒150-6008 東京都渋谷区恵比寿4-20-3 恵比寿ｶﾞｰﾃﾞﾝﾌﾟﾚｲｽﾀﾜｰ8F
TEL 03-6277-1601（営業） 03-6277-1602（編集）
URL https://www.alphapolis.co.jp/
発売元－株式会社星雲社（共同出版社・流通責任出版社）
〒112-0005 東京都文京区水道1-3-30
TEL 03-3868-3275
装丁・本文イラスト－Tobi
装丁デザイン－AFTERGLOW
（レーベルフォーマットデザイン―ansyyqdesign）
印刷－中央精版印刷株式会社

価格はカバーに表示されてあります。

落丁乱丁の場合はアルファポリスまでご連絡ください。

送料は小社負担でお取り替えします。


ISBN978-4-434-27186-1 C0093